outline

Rachel Cusk

愛し続けられない人々

レイチェル・カスク
榎本義子＝訳

図書新聞

outline

Rachel Cusk

愛し続けられない人々

OUTLINE
by Rachel Cusk

愛し続けられない人々

【目　次】

I

　飛行機に乗る前に、私は寛大な信用証明書を書くと約束してくれた大金持ちにロンドンのクラブに昼食に招待された。開襟シャツを着た彼は、彼が開発している新しいソフトウェアについて話したが、それは組織が将来裏切ったり、横領したりする可能性の非常に高い従業員を特定するのに役立つだろう、と言った。私たちは彼が始めようとしている文芸雑誌について話し合うつもりだったが、残念ながら、その話題になる前に、私は行かなければならなかった。彼は空港までのタクシー代を払うと言い張ったが、私は遅れていて、重いスーツケースを持っていたので助かった。

　彼は自分の半生のアウトラインを私に熱心に話したが、それはつまらなく始まり――確かに――終わった。彼は今日テーブルの私の向かい側に座っている、くつろいだ、金持ちの男だったのだ。私は、実際彼が今望んでいるのは、文芸雑誌を手掛かりにして作家になることなのだろうか、と思った。多くの人々が作家になりたがる。作家になる方法をお金で買えないと思う理由はなかった。この男は非常に多くのことをお金で買い、そしてお金の力でそこから身を引いた。彼は自分が取り組んでいる人々の個人的な生活から弁護士を排除する計画について語った。彼はまたサービスを提供し、それを運営する必要がある人々の地域社会全体に調達できるほどの大きな漂う風力発電基地の詳細な計画も開発していた。巨大な足場を遙か遠くの海に置くので、彼がその計画を導きたいと思っていて、たまたま彼が家を所有している海岸地帯から醜いタービンを撤去できると彼は言った。彼は日曜日にはただの楽しみのためにロックバンドでドラムを演奏した。彼は十一番目の子供の親になる予定だったが、彼と妻はかつてグアテマラから四つ子を養子にしたことを考えてみれば、それはそれほどまずいことではなかった。私は彼が話したことすべてを理解吸収するのが難しいと思った。ウエイトレスは牡蠣や前菜や特別なワインなどたくさんのものを絶えず持ってきた。彼はたくさんのクリスマスプレゼントをもらった子供のように当惑していた。だが、私をタクシーに乗せると、アテネで楽しんでいらっしゃいと言ったが、私は自分の行き先を彼に告げたかどうか覚えていなかった。

ヒースロー空港の滑走路では、飛行機に乗った人々が空中に連れて行かれるのを静かに待っていた。客室乗務員が通路に立ち、録音が再生されている時、道具を使って身振りで演じた。私たち、見知らぬ人の一団は、ベルトで席に固定され、祈禱書が読まれる間静かにしている会衆のように静かにしていた。客室乗務員は、小さいパイプのついた救命胴衣や非常口や一本の管から垂れ下がった酸素マスクを私たちに示した。彼女は、牧師が煉獄や地獄の詳細を会衆に知らせるように、死や大惨事の可能性を私たちに知らせた。だが、まだ時間はあったが、逃げようとするものは誰もいなかった。そんなことはせず、まるで死に関するこの一連の行為によって何か特別な困難が私たちに与えられたかのように、私たちは耳を傾け、あるいは他のことを考えながら半ば耳を傾けていた。録音された声が酸素マスクの箇所に差しかかっても静けさは破られなかった。誰も自分のことをした後でだけ他の人に気を配るようにという指令に抗議したり、大声で反対したりしなかった。だが、私はそれがまったく正しいのか確信が持てなかった。

私の隣には膝をだらりと垂らした色の浅黒い少年が座っていて、彼の両手の太った親指はゲーム器の画面を素早く動かしていた。もう一方の隣には、薄い色のリネンのスーツを着て、よく日焼けして、ふさふさとした銀髪の小柄な男性がいた。外では、ふくれたような夏の午後が滑走路に停止したようだった。小さい空港の車が、平らな道をのびのびと走り、玩具のように、滑り、曲がり、回った。さらにその向こうには、単調な草原に接しているる小川のようにきらめく銀色の糸のような高速道路があった。飛行機は動き出し、のろのろと前に進んだので、眺めは溶けて動き出すように見え、窓のところを最初はゆっくりと、それから速く流れるように進み、飛行機が地面から離れる時に、骨を折って、半ばためらうように上昇する感覚があった。このようなことは起こり得ないように思われる瞬間がある。だが、その時それは起こったのだった。

右側の人はこちらを向いて、私がアテネに行く理由を尋ねた。私は仕事で行くのだと言った。

「海辺の近くに滞在なさるのならよいのですが」と彼は言った。「アテネはとても暑いでしょう」

私は残念ながらそうではないと言い、彼は眉毛を上げたが、それは銀色で、岩場の草のように額から意外にもごわごわと野生的に生えていた。私が彼の質問に答えたのはこの風変わりさのためだった。思いがけないことは時には運命の暗示のように思われる。

「今年は早く暑くなりました」と彼は言った。「普通はずっと後まで大丈夫なのです。暑さに慣れていないと、非常に不快かもしれません」

揺れる客室では照明が発作的に点滅した。扉が開いたり閉じたりする音がし、それからとても大きなガタガタいう物音がして、人々は身動きをしたり、話したり、立ち上がったりしていた。男性の声が飛行機の機内放送を通して聞こえた。コーヒーと食べ物の匂いがした。客室乗務員は狭い絨毯を敷いた通路を大股に行ったり来たりして、彼女たちが通る時、穿いているストッキングが耳障りな音を立てた。私の隣の人はこのような旅を月に一回か二回すると言った。彼は以前ロンドンのメイフェアにフラットを持っていたが、「最近は」と割り切った調子で「ドーチェスターに滞在する方がよいのです」と言った。

彼はまったくは自然とは思われない洗練されたある種硬い英語を話したが、それはまるである時点から塗料のようにブラシで英語が彼に塗られたかのようだった。私は彼の国籍はどこかと尋ねた。

「私は七歳の時にイギリスの寄宿学校に送られたのです」と彼は答えた。「私はイギリス人独特の癖とギリシャ人の心を持っていると言えるかもしれません。私は人から言われるのです」と彼は付け加えた。「その反対の方がもっとずっと良くないと」

両親は二人ともギリシャ人だと彼は続けたが、ある時点で彼らは家族全員――自分たち、四人の息子、彼らの両親、そしていろいろな叔父や叔母――をロンドンに移住させ、イギリスの上流階級の様式で行動し始め、四人の息子を学校に送り、有益な社会的つながりを持つ人々のフォーラムとなった家庭を作り、貴族や政治家や金儲けに熱心な人々の尽きることのない流れが家に入ってきたという。私はどのようにして彼らはその外国的な環境に入ってきたのか尋ねると、彼は肩をすくめた。

「金はそれ自身一つの国なのです」と彼は言った。「私の両親は船の所有者でした。いくつかよく知られている観光地に長たらしい(プロリクシティ)けれど、きっと耳にされたこともない島に、両親が二人とも生まれた小さい島に、私たちはそれまでずっと住んできましたが、家業は国際的な企業でした」

「近い（プロクシミティ）」と私は言った。「近いとおっしゃりたいのでしょう」

「失礼しました」と彼は言った。「もちろん近いと言うつもりです」

すべての金持ちの人々と同様に、と彼は続けたが、彼の両親は彼らの出身地を脱して、境界のない領域に移動し、富や重要な地位を持つ人々の中に入った。無論、彼らは島の豪華な家を持ち続け、子供たちが幼い間は家族の住居のままであった。だが、息子たちを学校に送る時が来ると、イギリスへと移住し、そこでたくさんの付き合いをし、その中には少なくともバッキンガム宮殿の周辺に彼らが行くようになるものも含まれていた、と彼は幾分誇らしげに言った。

彼らは常に島の卓越した一家であった。土地の貴族の二つの家系が親の結婚によって結ばれ、さらに、二つの海運業の財産が統合された。だが、島の文化は女家長制という点で普通ではなかった。権威を持つのは男性ではなく女性だった。財産は父親から息子でなく、母親から娘へと継承された。このことは、彼がイギリスへ来た時に出会ったのと逆の家族の緊張を作り出した、と私の隣の席の人は言った。彼の子供時代の世界では、息子は常に失望の種だった。母親が彼は女の子だと信じたがっていたので、こうした長い一連の失望の最後である、彼自身が特別な、相反する感情を持って扱われた。彼の髪の毛は長い巻き毛にされ、彼は女の子の服を着せられ、長いこと跡継ぎが与えられることを期待して彼の両親が選んだ女の子の名前で呼ばれた。この異常な状況には昔からの理由があるのです、と隣の人は言った。その歴史の最初から、島の経済は海底のスポンジ採取を中心に営まれ、地域の若い男性たちは海に深く潜る技術を習得した。だが、それは危険な仕事で、それ故、彼らの平均寿命は驚くほど短かった。こうした状況で、繰り返される夫の死により、女性が財政的なことの管理権を得て、さらに、この管理権は娘へと渡されたのだった。

「難しいです」と彼は言った。「私の両親の最盛期の世界をそのまま想像するのは。ある面ではとても楽しいけれど、別の面ではとても冷酷だったのです。例えば、両親は五人目の子供が生まれた時、また男の子で、生まれつき脳に障害がありました。そして、家族が引っ越す時、彼らは次々と看護師が世話をするのに任せて、その子を島に残してきたのですが、看護師たちの信用証明書を——その頃、そして遠くからは——残念ですが、誰も念入りに調べてみようとはしなかったのです」

彼はそこで暮らし、幼児の心を持って年を取っていったが、無論、彼自身の側の話をすることはできなかった。一方で、私の隣の人と兄たちは、イギリスのパブリック・スクールの教育の冷たい水に入り、イギリスの少年のように考え、話すことを学んだ。私の隣の人の巻き毛は切り取られ、彼は非常にほっとした。そして、生まれて初めて彼は残酷、そしてそれと共に新しい種類の不幸――孤独、ホームシック、母と父にとても会いたいという気持ち――を経験した。彼は服の胸のポケットをくまなく探して、柔らかい革の財布を取り出し、そこから両親の皺の寄った白黒の写真を抜き取った――喉までボタンで留めたぴったりしたフロックコートのようなものを着た不動の直立した姿勢をとっている男で、分けた髪の毛と濃い真っすぐな眉毛と渦巻き型の口ひげは、彼がとてつもなく獰猛に見えるほど黒かった。そして彼の隣には、硬貨のように丸くて硬くて、計り知れない深刻な顔をした女性がいた。その写真は彼が生まれる前の一九三〇年代後半に撮られたものだ、と隣の席の人は言った。だが、結婚はすでに不幸だった。父親の獰猛さと母親の頑固さはうわべ以上のものであったからだ。彼らの結婚は凄まじい意志の戦いで、誰も戦う二人をうまく引き離すことはできなかった。二人が亡くなった時にほんの少しの間を除いては。でも、そのことは別の時にお話しします、と彼は言った。

その間中ずっと、客室乗務員が通路をゆっくりと歩き、金属のワゴン車を押して、そこから食べ物と飲み物が載ったトレーを配っていた。彼女は今私たちの列に来て、白いプラスチックのトレーを差し出したので、私は一つを左側の少年に渡そうとすると、私が彼の前の折りたたみのテーブルに置けるように彼は黙って両手でゲームの操作器を持ち上げた。右隣の人と私は、トレーと一緒に来た白いプラスチックのカップにお茶が注げるように蓋を開けた。彼は私に質問をし始め、まるで彼はそうすることを、自分に気づかせることを学んでいたかのようで、私は何があるいは誰がそんなことを教えたのかと思ったが、多くの人はそんなことは学ばない。私は、ここ三年間子供たちと暮らした郊外の家からごく最近引っ越して、ロンドンに住んでいるが、郊外の家では七年前には子供たちの父親と一緒に暮らしていた、と言った。それは言い換えれば家族の家で、そして私はその家が現実か幻想かもはやはっきりとは言えない何かの墓場になるのを眺めるために留まっていたのだった。

　話は中断し、私たちはお茶を飲み、お茶と一緒に来たソフトケーキのような小さいビスケットを食べた。窓の向こうはほとんど暗闇に近い紫だった。エンジンはずっと轟音を立てていた。飛行機の内側も暗くなり、頭上のスポットライトの光が横切った。隣接した席から私の隣の人の顔を観察するのは難しかったが、光が横切る暗闇の中で、それは峰と岩の裂け目のある風景になり、その中心に並外れた彼の鉤鼻が立ち上がっていて、深い影の谷を両側に投げかけていたので、ほとんど彼の目は見えなかった。彼の唇は薄く、口は幅広くて微かに開いていた。そして、鼻と上唇の間の部分は長くて肉付きがよく、彼はしばしばそこに触れたので、彼が微笑んだ時でも、歯は隠れたままだった。結婚が何故終わったかの理由を挙げるのは不可能です、と私は彼の質問に応じて言った。とりわけ、結婚は信頼の体系であり、物語であり、十分に現実的なことの中にはっきりと現れても、それを突き動かす衝動は不可解である。結局、現実的なのは家を失ったことで、家は無くなってしまったものの地理的な場所になっていて、それらがいつかまた戻ってくるかもしれないという希望を表していた、と私は思う。家から移動することは、ある意味で、私たちは待つことをやめてしまったと宣言することであった。私たちはもういつもの番地にいつもの住所には見つからなかった。私の年下の息子は、彼がそこに来た時に待ち合わせた人がいないと、待ち合わせの場所を直ぐに去る非常に苛立たしい癖がある、と私は隣の人に言った。それどころか、彼は探しに行き、欲求不満になって迷子になるのだった。見つからなかったよ！　といつも決まって後になって腹を立てて叫ぶのだ。だが、何かを見つける唯一の希望は、まさにいる所で、同意した場所で待つことだ。それはどのくらい我慢して待てるかの問題だった。

「私の最初の結婚は」と少し間をおいてから隣の人は言った。「非常に馬鹿げた理由で終わったといつも思われるのです。子供の頃、乾草を載せた車が畑から戻ってくるのをよく眺めていましたが、積み過ぎているのでひっくり返らないのが奇跡のように思われました。車は上下に揺れ、左右に動くのですが、驚くべきことに、決してひっくり返らなかったのです。それからある日、車が傾き、乾草がいたるところに散らばり、人々が叫びながら、走り回っているのを見たのです。私はどうしたのかと尋ねると、車が道の隆起した部分にぶつかったのだと、男の人が教えてくれました。私はいつもそのことを思い出しました」と彼は言った。「それは避けられないことのように思われますが、なんと馬鹿げたことなのでしょう。そして、私の最初の妻と私に関しても同じことだったのです」と彼は言った。「私たちは道の隆起した部分にぶつかり、ひっくり返ったのです」

それは幸せな関係で、彼の人生の中で最も平和なものだった、と彼は今気づいた。彼と妻は十代の頃出会い、婚約した。彼らはそれまで口論したことはなかったが、二人の間のすべてが壊れてしまう口論をしたのだった。彼らには二人の子供がいて、かなりの富を蓄えていた。彼らはアテネの郊外に大きな家とロンドンにフラットとジュネーブに家を持っていた。馬を所有し、スキーの休暇を楽しみ、エーゲ海に停泊した四十フィートのヨットを持っていた。彼らはまだ十分に若かったので、発展の法則はますます速度を増し、人生はただ発展するだけだ、と信じていた。そして、もっと発展する必要を入れておこうとした連続する容器を壊してしまったのだった。口論の後で、決定的に家を出て行きたくなかったので、隣の人は停泊しているヨットに行って、暮らした。季節は夏でヨットは豪華だった。彼は泳ぎ、魚を釣り、友人をもてなすことができた。数週間の間、彼はまったくの幻想の状態に暮らしていたが、それは、本当は無感覚、痛みが傷を進み始め、深い鎮痛の霧の中をゆっくりと、だが絶え間なく道を見つける前の傷の後に起こる無感覚のようなものであった。天気はくずれ、ヨットは寒く、居心地が悪くなった。妻の父親が彼を話し合いに呼び出して、彼は共有の財産の権利を放棄するように求められ、同意した。彼は寛大になる余裕があり、またすべてを取り戻すことができると信じていた。彼は三十六歳で、まだ彼の血管にはますます発展する力を、入っている器を壊そうとする生命の力を感じていた。彼はまたすべてを得られるだろうが、今度は彼が持ちたいものを望むだろうという違いがあった。

「でも、私は気づいたのです」と肉付きのよい上唇に触れながら言った。「それは思うよりも難しいということを」

無論、すべてのことは彼が想像したようにはうまく運ばなかった。道の隆起は彼の結婚を狂わせただけではなかった。それはまったく異なる道へと、ただ長くて方向がない回り道へと、本当の仕事は行われておらず、時々彼は今でさえも旅をしていると感じさせる道へと彼を向かわせた。服をすべてほどいてしまう緩い縫い目のように、一連の出来事をもとの流れにまとめて戻すことは難しかった。だが、こうした出来事が彼の大人の生活の大部分を占めていた。彼の最初の結婚が終わってからほとんど三十年になるが、その結婚生活から離れれば離れるほど、それは彼にとってさらに本当のものになった。あるいは正確には本当ではない、と彼は言った——それ以来起こったことは十分に本当だった。彼が探していた言葉は「本物」という言葉であった。彼の最初の結婚は、何も二度とそうならないという点で本物だった。年を取れば取るほど、それは彼にとってある種の家庭を、ひたすら戻りたいと願う場所を表していた。だが、彼がそれを真面目に思い出す時、そして彼が最初の妻と話す時——最近は滅多にないのだが——締め付けられるような昔の感覚が戻ってくるのだった。それでも、今は人生をほとんど無意識に生きて、本に夢中になるように、彼はその中に迷い込んでしまったように思われるのだった。それ以来、彼は二度と自分を受け入れることができなかった。二度とそのように信じることができなかったのだった。多分昔の生活へのあこがれを構成するのは——信念の喪失——であっただろう。それが何であれ、彼と妻は物事を築き、それは栄え、彼らの状態や彼らが所有しているもののすべてを発展させた。人生は彼らの望み通りに応えてくれ、彼らを豊かに扱ってくれた。そしてこのことが——今考えてみると——そのすべてを壊してしまう、彼はもっと多くのことがあると思ったので、今は並外れてなにげないことのように思われることがそれを壊す自信を彼に与えたのだった。

「もっとどんなことですか?」と私は尋ねた。

「もっと——活力」と彼は受け取る身振りで手を広げて言った。「それから愛情です」と彼は少し間をあけて言った。「私はもっと愛情が欲しかったのです」

　彼は両親の写真を財布に戻した。今や窓辺は闇だった。機内では、人々が本を読んだり、眠ったり、話したりしていた。長いだぶだぶのショーツを穿いた男が、肩に乗せた赤ん坊を揺すりながら、通路を行ったり来たりした。飛行機は静かで、ほとんど静止しているように思われた。内側と外側には中間面がほとんどなく、ほとんど摩擦もなかったので、私たちが前進していると思うのは難しかった。外は完全な闇で、電気の光のために、人々は非常に肉付きがよく、リアルで、彼らの細部は非常に自然で、無個性で、無限であるように思われた。赤ん坊を連れた男が通る度に、私は彼のショーツの網状の皺やきめの粗い赤みがかった毛で覆われた染みのある腕やTシャツがまくれ上がった彼の腹の青白い盛り上がった肌、そして、彼の肩の上の赤ん坊の柔らかい皺の寄った足や小さな丸まった背中や素朴な巻き毛の柔らかな頭を見た。

　隣の人はまた私の方を向いて、どのような仕事でアテネに行くのか、と尋ねた。私はまるで彼が握っているところから落ちてくるものを取り戻そうとするかのように、二度目に意識的に努力して質問しているように感じた。私はそのやり方を覚えていた。二人の息子が赤ん坊だった頃、彼らは床に落ちるのを見るために、高い椅子からわざとものを落とすのだった。それは彼らにとって楽しい行為であったが、その結果は恐ろしいものだった。

彼らは落ちたものを——食べかけのラスクやプラスチックのボールを——じっと眺め、そして、それが戻らないことにだんだん心を乱されるようになった。とうとう彼らは泣き始め、そして、いつもその方法で落ちたものが彼らのところに戻ってくることがわかった。この一連の出来事の反応として、彼らはそれを繰り返すことに私はいつも驚いた。落としたものが手に戻ると直ぐに、彼らはまたそれを落とし、身を乗り出して、落ちていくのを見るのだった。彼らの喜びは減じることがなく、嘆きもまた減じなかった。ある時点で彼らの嘆きは必要のないものであり、それを避けることを選ぶだろう、と私は期待していたが、彼らは決してそうしなかった。苦しんだ記憶は彼らがしようとすることに何の影響も与えなかった。逆に、苦しみは彼らにそれを繰り返しさせた。というのは、苦しみは落としたものが戻ってきて、また落とす喜びを可能にしたからだった。もし、彼らが最初に落としたまさにその時、私が戻すことを拒んだら、彼らはまったく違うことを学んだと思うが、それが何であったかは私にはわからなかった。

私は彼に自分は作家で、サマー・スクールの科目を教えに数日アテネに行くのだ、と言った。科目は「どのように書くか」という題名だった。何人かの様々な作家がその科目を教え、書く一つの方法などというものはなかったから、私たちは学生に矛盾したアドバイスをするのではないか、と思った。学生はほとんどギリシャ人だったが、この科目のために、彼らは英語で書くことを求められた。他の人々はこの考えに懐疑的であったが、私はそのことがどうして悪いのかわからなかった。学生が自分の好きな言葉で書いて構わなかった。私にはそれはどうでもよいことだった。時には、ギリシャ語から英語に移ることで何かを失うが、簡潔さを得ることになる、と私は言った。教えることは単に生計をたてる手段ですが、と私は続けた。でも、アテネにはそこにいる間に会うかもしれない友人が一人か二人います。

作家と、その仕事に対する敬意を表すのかあるいはそのことをまったく知らないことを伝える身振りか、首を傾けて隣の人は言った。私が最初に彼の隣に座った時、彼は手あかのついたウィルバー・スミスを読んでいたことに気づいていた。小説に関する限り彼は識別力を欠いているが、これは必ずしも彼の読書の好みを代表するものではないと今彼は言った。彼の興味は情報や事実や事実の解釈の本で、この彼の好みにおいては、洗練されていないことはないと確信していた。彼は立派な散文の文体がわかった。例えば、彼の好きな作家の一人はジョン・ジュリアス・ノーウィッチだった。だが確かに、小説に関しては無学だった。彼はまだ席のポケットにあったウィルバー・スミスを取り出して、まるでそれが自分のものではないと認めたいかのように、あるいは多分私がそれを見たことを忘れたかもしれないと思って、見えなくなるように足元の書類鞄に押し込んだ。実は私は、趣味などの気取りや自己定義の形としてさえ文学にもう興味がなかった。――私はある本が他の本より優れているとは証明したいとは思わなかった。実際素晴らしいと思うものを読んでも、私はそれについてまったく述べるのはますます気が進まなくなっていた。私が個人的に真実だと思っていることは、他人を説得するプロセスとは無関係のように思われてきていた。私は誰にも何ももう説得したくはなかった。

「私の二番目の妻は」と隣の人は間もなく言った。「生涯本を読みませんでした」

彼女は基礎的な歴史や地理でさえ知らず、一緒にいると、まったく恥ずかしくて思わずきまりの悪くなることを言うのだった、と彼は続けた。それどころか、自分の知らないことを人々が口にすると、彼女は腹を立てた。例えば、ベネズエラ人の友達が家を訪れると、彼女は聞いたことがなかったので、そのような国が存在することを信じようとしなかった。彼女自身はイギリス人で、この上もなく美しかったので、内面は洗練されていないとは信じがたかった。だが、彼女の性質には驚くことがいくつかあったが、それは特に快いものではなかった。私の隣人は、彼女の両親を観察することによって娘の謎が解けるかもしれないと思って、彼らをよく招いた。彼らは祖先の家がまだある島に来て、一度に何週間も滞在した。彼はそのように並外れて個性がなく平凡な人に会ったことがなかった。彼は彼らを刺激しようとどんなに疲れるほど努力しても、彼らは一対の肘掛け椅子のように無反応だった。結局、彼は肘掛け椅子を好むようになった。彼らをとても好むようになった。特に父親の限りない無口は極端だったので、私の隣の人は、彼は何か心理的な損傷を病んでいるに違いないと思うようになった。人生によってそれほど傷ついた人を見ることは彼の心を動かした。若い頃は、きっとそのような人に注目することはなかったし、ましてその人の沈黙の原因を考えてみようとはしなかっただろう。そしてこのように、義父の苦しみを認めることによって、彼は自分自身の苦しみも認め始めた。些細なことのようだが、この認識によって、彼の全人生が軸の上を回るのを彼は感じたと言えるだろう。彼の身勝手な歴史は、回転する見方で見れば、精神的な旅のように思われた。登山者がぐるりと向きを変えて、山を振り返って見て、もう上り坂に沈んでしまった彼が登ってきた道をよく見るように、彼はぐるりと向きを変えた。

ずっと以前——あまりにも以前のことだったので、著者の名前を忘れてしまったのだが——彼はさらにもっと有名な作家の物語を翻訳している人の心に残る数行を読んだ。その中で、文章はこの世に良くも悪くも生まれてこず、その性格を確立するのは、微妙な調整の、誇張や強制は致命的である洞察のプロセスの問題である、と翻訳者が言っていることを、彼は今でもまだ覚えている、と言った。こうした行は書く技術についてのものだったが、中年初期に自分の周りを見回して、私の隣の人は、それはまさに同じように生きる技術にも当てはまると思い始めた。彼が眺めてみるとどこにでも、言わば、自分自身の経験の極端さによってダメになった人がいた。

彼の新しい義父はその好例のように思われた。ともかく、はっきりしているのは、彼らの娘が彼を実際よりずっと裕福な男だと誤解していることだった。結婚から逃れる者として彼が隠れ、その時残っている唯一の財産だったヨットが彼女をおびき寄せた。彼女は贅沢を非常に必要としていて、彼は前にしなかったほどやみくもに死に物狂いで働き始め、会合や飛行機や交渉や取引を確保することにすべての時間を使い、彼女が当たり前だとして受け取る富を与えるために、もっともっと危険を冒した。実際は、彼は幻想を作っているのだった。彼が何をしようとも、幻想と現実のギャップは閉じなかった。だんだん、このギャップ、物事が実際ある状態と私がそうあってほしいと思うことの間のギャップは、私をむしばみ始めたのです。私は、まるで何年にもわたって貯めてきた蓄えで今まで生活してきたように、自分が空虚になるのを感じたのです、と彼は言った。

今になって、最初の妻の礼節や彼らの家庭生活の健全さや成功、そして分かち合った彼らの過去の深さが彼を苦しめ始めた。最初の妻はしばらく不幸だったが再婚した。離婚した後、彼女はスキーに夢中になり、できる時はいつも、北ヨーロッパや山に行き、間もなく、彼女が言うには自信を取り戻してくれたレッヒのスキーの指導者と結婚すると宣言した。その結婚は今でもそのままである、と私の隣の人は認めた。彼女が再婚した初めの頃に、私の隣の人は、間違いを犯したと気づき始め、何のつもりかはっきりとはわからないが、最初の妻との接触を回復しようと努力した。彼らの二人の子供たち、男の子と女の子は、まだとても小さかった。それで、彼らが連絡を取り合うことは筋の通ったことだった。彼らが別れた直後の時期は、いつも彼と連絡を取ろうとしたのは彼女の方だったことを、彼はぼんやりと覚えていた。また、彼は今の二番目の妻になった女性を追うことに夢中だったので、彼女の電話を避けていたことも覚えていた。最初の妻はほとんど存在しないように思われる新しい世界に行ってしまって、彼は会うことができなかった。その世界では、彼女は――その行動は狂った女の行動であると自分にも他人にも言い聞かせていたのだが――言わば馬鹿げた実体のない人物だった。だが今は、見つけられないのは彼女の方だった。彼女は冷たい、白いアールベルクの山腹をスキーで滑り、そこでは彼女が彼にとって存在しないのと同様に、彼は彼女にとって存在しなかった。彼女は彼の電話に答えないか、素っ気なく注意散漫に答え、行かなければならないと言った。彼女に自分を認めてほしいと頼むことはできなかったが、これが中でも一番当惑することだった。というのは、そのために、彼はまったく非現実的に感じたからだった。結局、彼女と一緒に彼は自分自身を作ったのだった。だから、もし彼女が彼を認めないのなら、それではいったい彼は何者なのだろう？

不思議なことは、と彼は言った。こうした出来事がずっと前のことになり、彼と最初の妻はもっと定期的に連絡を取り合うようになった時、彼女がほんの少し話し始めさえすれば、彼を苛立たせた。そして、彼が心変わりしたように思った時、彼女が急いで山から戻ってくれれば、直ぐに彼女は彼を非常に苛立たせるので、彼らの関係の消滅が再び起こるだろうことを彼は疑わなかった。そうではなく、彼らは距離をおいて、年を取っていった。彼が彼女に話しかける時、彼らが送ったかもしれない人生、今でも分かち合っているかもしれない人生を、彼ははっきりと想像できる。それは、かつて住んでいた家を通り過ぎるようなものである。それが具体的にまだ存在するという事実は、それ以後起こったことをどういう訳か現実感のないものにする。構造がなければ、出来事は非現実的である。彼の妻の現実は、家の現実のように構造があり、確定的だった。そこには限界があるが、彼は妻の声を電話で聞く時にそれに出会う。だが、限界のない人生は、非常に疲れ、三十年間次々とホテルを変えて暮らすように、現実的また感情的な出費の一つの長い歴史である。彼を苦しめるのは家のないことの非永久性の感情である。彼はこの感情を取り除くために、彼の頭上に屋根を作るためにお金を使ってきた。そして、その間ずっと、彼は彼の家を――彼の妻を――本質的には変わっていないが今は他の人のものである、そこに立っている妻を見ている。

彼の話の仕方はその点を証明している。何故なら私は二番目の妻を一番目の妻の半分もはっきりとわからないから、と私は言った。実際、彼女のことをまったくは信じていなかった。彼女はあらゆる目的にかなう悪者として転がり出てきたが、実際彼女はどんな悪いことをしたというのか？　例えば、私の隣の人が金持ちのふりをしたように、彼女は知的であるふりは決してしなかった。そして、彼女はもっぱら美しさで評価されてきたので、彼女が美しさに値段をつけるのは当然であり――賢明だと言う人もいるだろう。そして、ベネズエラに関しては、何を誰が知るべきか、知るべきでないかを言う人はいるだろうか？

彼自身知らないことはたくさんあると私は思うが、ベネズエラが彼の美しい妻にとって存在しないように、彼の知らないことは彼にとっては存在しない。私の隣の人はひどく顔をしかめたので、彼の顎の両側に滑稽な皺が現れた。

長いこと間をおいてから、「その件に関しては、幾分偏見を持っているかもしれないことを認めます」と彼は言った。

真相は、学校の休暇をいつも島の古い家族の家で過ごす子供たちの二番目の妻の扱い方を彼は許せなかったのだった。彼女は特に上の男の子に嫉妬して、彼の動作をすべて批判した。彼女は見ていて異常なほど執拗に男の子を監視し、常に彼を家で働かせ、少しでも散らかっているしるしがあると彼を非難し、彼女だけが不品行だと思うことで彼を罰する権利があると言い張った。一度、彼が家に帰ってくると、男の子は建物の下にずっと広がっている広い地下埋葬所のような地下の貯蔵庫に入れられているのがわかったが、そこは良い時でも暗くて不吉な場所で、彼自身子供の頃そこに行くのが怖かった。少年は震えながら横向きに横たわり、テーブルの自分の皿を片づけなかったので、そこに入れられているのだ、と父親に言った。それはまるで少年が彼女の妻としての役割のやっかいなあらゆることを表しているかのようで、まるで彼は彼女が束縛されていると感じる不当を具体化したかのようだった。そして、彼はまた、夫に関する限り、彼女が第一ではなく、そうなることもないという証拠だった。

彼は妻が一番であるということの必要性を理解できなかった。というのも、そもそも、彼女に会う前に人生を送ってきたことは彼の責任ではなかった。だが、彼女はますますこの歴史を、その消せない証拠である子供たちを破壊することに熱中しているように思われた。彼らはその頃までには自分たちの子供を、これも男の子を持ったが、物事を丸く収めるどころか、そのことは彼女の嫉妬をさらにひどくしただけのように思われた。彼女は上の子供たちを愛するように自分たちの息子を愛していないと言って彼を非難した。彼女は絶えずえこひいきの証拠を探して彼を監視したが、実際、彼女は自分たちの子供を明らかに偏愛した。だが、まるで彼女は違った子ならこの戦いに勝つことができたと感じているかのように、彼女はしばしば幼い男の子にも腹を立てた。そして確かに、彼女は彼らの息子を多かれ少なかれ見捨てたが、その時終わりがやって来た。彼らは島で夏を過ごしていて、彼女の両親も——肘掛け椅子も——そこにいた。彼は彼らを今では前よりも好きだった。というのは、彼は彼らの起伏のなさを娘の大竜巻のような性質の証拠として同情して見ていたからだった。彼らは常に竜巻に襲われる地域のようだった。彼らは永久に半ば荒廃した状態で暮らしていた。彼の妻はアテネに戻りたいと思いこんだ。彼女は島の生活に飽きたのだと、彼は思った。多分彼女が行きたいパーティーやしたいことがあったのだろう。彼女はいつも夏を家族の壮大な墓で過ごすことに飽きていた。そしてその上、彼女の両親は間もなくアテネに戻ることになっていたので、子供たちを家政婦に任せてここに残して、彼らはみんな一緒に行こうと、彼女は言った。私の隣の人は今はアテネに行けない、と答えた。彼はどうしても子供たちを残して行けなかった——彼らはもう二、三週間彼と一緒に滞在するだろう。これが彼が子供たちと一緒に過ごせる唯一の機会なのに、どうして彼らを見捨てられるだろうか？　まあ、彼が来ないなら、二人の結婚が終わることを考えてもまったく差し支えない、と彼女は言った。

それから実際争いがあり、結局彼は選ぶように求められたが、もちろん、彼にはまったく選択などないように思われた。それはまったく不当であるように感じられ、ひどい議論が続いて起こり、最後に、妻と息子と彼女の両親は船に乗りアテネに帰ってしまった。彼らが去る前に、滅多にないことだが、義父が口を開いた。彼が言ったことは、私の隣の人の見方で状況を見ることができるということだった。私の隣の人が彼らを見たのはそれが最後であり、彼の妻を見たのもだいたいそれが最後で、彼女は両親と共にイギリスに戻り、そこで彼と離婚した。彼女は有能な弁護士を雇い、彼は人生で二度目にほとんど金銭的に破滅したことがわかった。彼はヨットを売り、小さいモーターボートを買ったが、それは彼の財産の状態を非常に正確に表していた。彼らの息子は、母親が明らかに巨大な富を持つ英国の貴族を見つけ、結婚し――私の隣の人の子供たちが邪魔したのと同じように、その子は彼女の二回目の結婚を邪魔するとわかると、彼は漂流するように父親のところに戻ってきた。この最後の細かいことには、彼の前の妻の正直さでないとしても、少なくとも彼女のある種の一貫性のしるしが見られた。

難破で、多くが失われました、と彼は言った。残っているのは残片ですが、それにしがみついていないと、海がそれも取っていってしまうでしょう。それでもまだ、と彼は言った。私は愛を信じています。愛はほとんどあらゆるものを回復し、回復できない場合は、苦しみを取り去ってくれます。例えば、あなたは、と彼は言った――あなたが悲しい時に、恋をしていれば、悲しみは止まるでしょう。そこに座って、私はまた高い椅子に座った私の息子たちと、嘆きが不思議なことにボールを戻してくれると気づいたことを考えた。その時、暗闇の中で飛行機が最初にゆっくりと下の方へと傾いた。飛行機の機内放送を通して、声が話し始めた。客室乗務員が行ったり来たりし始め、人々に席に戻るように呼びかけた。私の隣の人は私の電話番号を尋ねた。私がアテネにいる間に、多分私たちはいつか一緒に食事をするだろう。

私は彼の二番目の結婚の話に不満だった。それは客観性を欠いていた。あまりにも極端なことに依存していて、そうした極端なことによって生じたとみなされる道徳的な特性は、しばしば正しくなかった。例えば、関係者にとっては苦しいことだが、子供に嫉妬するのは悪いことではなかった。私はある種の重要な事実を、例えば、彼の妻が息子を地下貯蔵庫に閉じ込めたということを信じていないことに気づいた。また、彼女の美しさについてもまったくは納得していなかったが、美しさはまた悪用されているように私には思われた。嫉妬することが悪いことでないなら、美しいということも確かに悪いことではなかった。悪いのは、言わば、誤った口実で、語り手によって美しさが盗用されたことにあった。現実は肯定と否定が永遠に釣り合った状態として表されるべきだろうが、この話では、二つに正反対のものが分離して、別々の争う個性であると考えられていた。話はいつもある人々――語り手と彼の息子――を良い観点で示し、一方、妻は彼女を非難することが必要な時だけ話題にされた。例えば、最初の妻と接触しようとする彼の不誠実な試みには、肯定的で、強調された地位が与えられたが、一方、彼の二番目の妻の不安定は――十分に根拠のあることを今私たちは知っているのだが――理解できない罪悪として扱われた。一つの例外は、退屈な、竜巻に襲われた義理の両親に対する語り手の愛、肯定と否定がバランスを取り戻しているほろ苦い些細なことであった。だが、その他の点では、それは、語り手の勝ちたいという願望のために、真実が犠牲にされていることが感じられる話だった。

私の隣の人は笑って、私は多分正しいだろう、と言った。私の両親は生涯喧嘩をしていましたが、どちらも勝ちませんでした、と彼は言った。でも、どちらも逃げもしませんでした。逃げたのは子供たちです。私の兄は五回結婚し、クリスマスには、チューリッヒのアパートに一人で座って、金を数え、チーズ・サンドイッチを食べていました、と彼は言った。本当のことを言ってください、と私は言った。彼女は本当に息子さんを地下貯蔵庫に閉じ込めたのですか？　彼は頷いた。

「彼女はいつもそれを否定しました」と彼は言った。「タキスが彼女に面倒をかけるために自分でそこに閉じこもったのだ、と彼女は主張しました」

でも、私は彼女が私にアテネに行ってほしがったのは不当ではないと認めます、彼は言った。彼は私に全部は話をしていなかった――実際、彼女の母親は病気になっていた。病気はそれほど深刻なものではなかったが、彼女は本土の病院に母親を入院させる必要があり、彼の妻のギリシャ語はそれほど上手ではなかった。だが彼は、彼の妻と彼女の父親でなんとかできると思ったのだった。すると、義理の父親の別れの言葉は最初の説明よりももっと複雑だったように思われた。飛行機の機内放送の声がそうするように言ったので、私たちはすでにシートベルトを締めていて、私たちが下の方へと揺れながら降りていく時、私の下方に光を、闇を通して大きな光の森が神秘的に上ったり、下がったりするのを初めて見た。

あの頃、私はいつも子供たちのことをひどく心配していました、と隣の人は言った。自分が必要としていることや彼女が必要としていることを考えることができませんでした。子供たちは私をもっと必要としていると思ったのです。彼の言葉は、もちろんここ数時間姿を見せていない酸素マスクを思い出させた。それは、酸素マスクは必要とされないだろうという暗黙の了解の上で、マスクを用意するという結果に終わることとある種共通の皮肉なのだ、と私は言った。私の隣の人は、それは人生の多くの面に当てはまることだとわかったが、それでも、一般的な原則は個人的な期待を置く基盤にはならないということもわかった、と言った。

II

騒がしく車が行き交うそばの幅の狭い歩道を歩く時、ライアンはいつも内側を歩くことに、私は気づいた。

「僕はアテネの道路の死者の統計を読んで研究しているのだ」と彼は言った。「僕はその情報をとても深刻に受け止めている。無事に家に帰れるのは家族のおかげだ」

歩道にはよく衰弱した犬が横たわっていた。非常にもじゃもじゃした毛の大きな犬が。犬は暑さの中で感覚がないようで、わき腹を動かして微かに息をする以外は、動かなかった。遠くから見ると、犬は酔って倒れている毛皮を着た女性のようだった。

「君は犬をまたぐ?」と彼はためらいながら言った。「それとも、よけて通る?」

暑さは気にしない、と彼は言った。実際、彼は暑さを楽しんでいた。彼は何年もたまった湿気が乾いていくような気がした。ただ、彼は四十一歳になるまでここに来られなかったことを残念に思っていた。というのも、ここは本当に素晴らしい場所のように思われたからだった。妻と子供たちがここを見られないのは残念だったが、やましい気分になって、ことを台無しにするまいと思っていた。妻は彼だけに子供たちを任せて、丁度パリで女友達と週末を過ごしたところだった。彼はこの状況をよく手に入れたと感じるべきではない理由はなかった。そして、まったく正直に言えば、子供たちがいると行動が遅くなった。今朝最初に暑さが強烈になる前に、彼はアクロポリスに歩いて上ったが、子連れではそんなことができただろうか？　もししたとしても、彼は日焼けや脱水を心配してずっと過ごしたことだろうし、丘の頂上にパルテノンが凄まじい異教徒の青い空を背景として金と白の崩れそうな王冠のように座しているのを見たとしても、体を風にあてて乾かしながら今朝感じることができたようには、感じはしなかっただろう。そこに上りながら、どういう訳か、子供の頃の寝室で、シーツがどんなにカビの臭いがしたかを思い出した。彼がダブリンに向かってトラリーを去る時、本を取り出そうとすると、本は全部棚にくっついているのがわかった。両親の家の戸棚を開けると、たいていはその後ろに水が流れていた。ベケットもシングも朽ちて、のりになっていた。

「それは僕があまり読書家ではなかったことを示す」と彼は言った。「だから、そんなことはあまり公表しないんだ」

そう、彼は前にギリシャにも、太陽を当然なことと思う国にはどこにも行ったことがなかった。ともかく、彼の妻はそれが――つまり太陽が――生理的に合わなかった。妻も彼と同じように湿って陰のあるところで育てられ、太陽にあたると紫の斑点や水ぶくれができた。彼女は暑さをまったくうまく処理できず、暑いと、偏頭痛が起こったり、吐き気を催したりした。彼らは子供たちを休暇には彼女の両親の家があるゴールウェイに連れて行ったし、ダブリンを離れて短い休暇を非常に取りたい場合は、彼らはいつもトラリーに戻った。そこは、そこに行かなければならない時は、いつも受け入れてくれる生家だ、と彼は言った。そして彼の妻は、それらすべてを、家族のネットワークや日曜の昼食や子供たちが両親双方の祖父母に会うのはよいことだと思っていたが、もし彼に任せられたら、彼は多分両親の家の敷居を再びまたがなかっただろう。彼らが特に何か悪いことをしたのではないが、と彼は言った。彼らは十分に良い人だけれど、そこに行くなんてことは僕には思い浮かばないんだ。

私たちは大きな日よけの陰の下にテーブルの並んだカフェを通ったが、テーブルに向かって座っている人々は、とても涼しそうで、注意深く、優れているように見え、一方、私たちは暑さと通りの喧騒の中を不可解に苦労して歩いていた。止まって、何か飲んでもいいかもしれない、とライアンは言った。前にここに朝食を食べに来たことがあり、そこは良い場所のように思われた、と彼は言った。彼は私に一緒に座ってほしいのかどうか、はっきりしなかった。実際、彼はとても注意深く表現したので、私も一緒に入ることは彼が実際避けたいことのような印象を受けた。その後、私はこの特質のために彼を観察し、他の人々が計画を立てている時、ライアンは、時間や場所に自分を縛り付けるよりも、いつも「後で行くかもしれない」とか「そこで会うかもしれない」と言った。彼はしてしまってから、自分が何をしているか言うのだった。私は通りで偶然彼に会い、後ろになでつけた髪が濡れているのに気づいたので、率直に彼にどこにいたのか尋ねた。彼はヒルトンホテルで泳いできたことを認めたが、そこには大きな屋外のプールがあり、彼は客のふりをして、ロシアの政治家やアメリカの実業家や美容整形してきれいな体になった女の子たちと並んで、全長四十メートルを泳いできたのだった。彼はプールの係員が自分を見ているのに気づいていたが、誰も彼に尋問しなかった。四十度の暑さの車の詰まった街の真ん中で、他にどうやって運動するつもりか知りたい、と彼は言った。

彼は他の人たちと同じように壁に背を向けて、テーブルに向かって座ったので、彼にはカフェと通りが見えた。私は彼の向かい側に座り、彼しか目に入らなかったので、彼を眺めた。ライアンは私と一緒にサマー・スクールで教えていた。遠くから見れば、彼は月並みな砂色の髪の悪くない風貌の男だったが、近寄ると、彼の容姿には不自然なところがあった。まるで無関係な要素が寄せ集められているかのようだったので、彼のいろいろな部分はまったく調和していなかったからだ。彼はいつも少し見せている大きな白い歯と筋肉と脂肪の間のどこかで釣り合いをとっているたるんだ体を持っていたが、頭は小さくて狭く、少ないほとんど色のないような髪の毛が、額から後ろに生え、ほとんど色のないまつげは、今は黒い眼鏡の後ろに隠れていた。だが、彼の眉毛は精悍で真っすぐで黒かった。ウエイトレスが来ると、彼は眼鏡を外したので、私は彼の目を、わずかに赤くなった白い部分の中の二つの小さくて明るい青の小片を見た。目の縁も、まるで痛いか、太陽がそこにサインをしたかのように赤かった。彼がウエイトレスにアルコールの入っていないビールがあるかどうか尋ねると、彼女は理解できないので、手を耳のところで球状にして、彼の方に身を乗り出した。彼はメニューを取り上げ、二人は一緒にそれをよく見た。

「このビールのどれかは」と彼はリストに指を走らせ、頻繁に彼女をちらっと見ながら言った。「アルコールが入っていない？」

彼女はもっと身をかがめて、彼が指さしたところをよく見たが、彼の目は彼女の顔をじっと見ていた。顔は若くて美しく、両側に長い巻き毛があり、彼女はそれを耳の後ろに挟んでいた。彼はそこにないものを指さしていたので、彼女は長い間当惑し、結局、行って、マネージャーを連れて来る、と言ったが、その時点で、彼は授業を終わる教師のようにメニューを閉じ、心配しないで、普通のビールをもらう、と言った。この予定の変更はさらに彼女を混乱させた。メニューがまた開かれ、そっくりそのまま授業が繰り返された。そして、私の注意は他のテーブルの人々と外の通りへとさまよった。通りでは、車が通り、犬がギラギラする光の中で毛皮の山のように横たわっていた。

「彼女が今朝応対してくれたんだ」とウエイトレスが行ってしまうと、ライアンは言った。「同じ娘だ。彼らは美しい国民じゃないか？　でも、あのビールがなかったのは残念だった。本国ではどこでも飲めるのに」

彼は真剣に飲酒を減らそうと努力している、と言った。去年は基本的に健康に夢中で、毎日ジムに行き、サラダを食べていた。子供が生まれると、彼は少し成り行きにまかせたが、ともかく、アイルランドで健康でいるのは難しかった。その場所の文化全体がその妨げになった。トラリーで若い頃、彼は両親や兄を含む多くの人と同様にかなり深刻に太り過ぎだった。彼らは一日に五回する食事の一つにまだフライドポテトを食べていた。彼には、湿疹や喘息などいくつかアレルギーがあった。子供の頃学校で、膝上までの毛織のソックスとショーツを身につけなければならなかった。そして、ソックスはひどく彼の湿疹にくっつくのだった。彼は寝る時に、ソックスをはがし、脚の皮膚の半分もそれと一緒に取れてしまったことを今でも覚えていた。もちろん今では、子供を皮膚科の医者やホメオパシーの医者のところに急いで連れて行くだろうが、その当時は、ただ彼の好きなようにさせておいた。彼が呼吸困難になると、両親は彼を外に出して、車の中に座らせた。体重に関しては、自分が服を着ていないのを、他の人もみな服を着ていないのを滅多に見たことがなかった、と彼は言った。家の湿った、胞子だらけの環境で、体が働いている時、自分自身の体から離れるような感覚があったことを覚えていた。彼の動きの悪い肺、痒い皮膚、砂糖と脂肪でいっぱいの血管、心地のよくない服に覆われた肉体。十代の頃は、彼は自意識が強く、ほとんど体を動かさず、自分の肉体をさらすのを避けていた。だがそれから、執筆プログラムに関わって、アメリカで一年過ごし、意志の力で自分をまったく違った風に見せることができるということがわかった。キャンパスにはジムとプールがあり、カフェテリアには彼が聞いたこともない食べ物——スプラウトや全粒穀物や大豆——があった。カフェテリアでは、それだけでなく、自己変化は信念の問題だと考える人々に彼は囲まれていた。彼はほとんど一晩でそれを、その発想を全部身につけた。彼はどんな風になりたいか、それからそうなることを決めることができた。前もって運命によって定められているなどという考えはなかった。自己を生涯にわたってとばりのようにかかっている運命や宿命として考える感覚は、彼の背後のアイルランドに留まっていることに、彼はその時気づいた。最初にジムに行った時、美しい少女が機械で運動をしながら、同時に彼女の目の前の台の上に開いて置かれている哲学の大きな本を読んでいて、彼はほとんど自分の目が信じられなかった。ジムの機械はすべて書見台を備えていることに彼は気づいた。この機械はステップ・マシーンと呼ばれ、階段を上る行為を刺激して促進した。その時からずっと、彼はいつもそれを使い、いつも前に本を開いて置いた。というのは、少女の像が――彼がたいそう失望したことには、彼は彼女をもう一度見ることはなかったのだが――彼の頭にしっかりと留まっていたからだった。その年の間に、彼は一か所に留まっていて、何マイルにも相当する階段を上ったに違いない。そして、彼は少女だけではなく、想像上の階段とロバの前の人参のように彼の前に本をぶら下げて永遠にそれを上る彼自身の像を自分のものにした。その階段を上ることは、彼自身を自分が来たところから切り離すために、しなければならない仕事だった。

たまたまアメリカに行ったのは単なる幸運以上のものだった、と彼は言った。それは彼の人生を決める出来事であり、そして、もしその出来事が起こらなかったら、彼はどうなり、何をしていただろうかと思うと、ある意味で、彼は怯えた。執筆プログラムについて彼に話し、応募するように強く勧めたのは、彼の大学の英文学の個別指導教員だった。手紙が来た頃までには、大学は終わり、彼はトラリーに戻って、両親の家に住み、鶏の加工処理工場で働き、二人の子供のいる、彼よりずっと年上の女性と恋愛関係にあったが、彼女は彼を子供たちの父親の役をさせるために確保したことを、彼は疑わなかった。手紙には、彼が提出する書いたものを基にして奨学金が与えられ、もし教授資格を取りたいなら、次の二年目は有給になるだろうと、書かれていた。四十八時間後に、彼は数冊の本と着る服を持って出かけ、飛行機に乗って、生まれて初めてイギリス諸島を後にしたが、実を言うと、自分がどこに行くのか手掛かりはなかった。ただ、雲の上に座っているのは、天国にいるように思われた。

実際、多かれ少なかれ同じ頃、たまたま彼の兄もアメリカに向かった、と彼は言った。彼と兄はお互いにあまり話をする仲ではなかったので、その時、ケビンの計画をほとんど知らなかったが、今考えてみると、それはまったくの偶然の一致だった。ただ、ケビンを彼の進む道に送り出したのは幸運ではなかった。そうではなく、彼はアメリカの海兵隊に入ったのだった。そして、ライアンがステップ・マシーンを踏んでいる多分同じ頃、ケビンは新兵訓練基地でトラリーのぜい肉を落としていた。ライアンが知る限り、兄はすぐ近くにいたかもしれないが、アメリカは大きなところで、それはありそうもないことだった。そして、その仕事はかなりの旅を伴う、と誠実にライアンは言った。さらに偶然の一致で、兄弟は二人とも三年後にアイルランドに戻り、両親の居間で会ったが、二人とも今は元気で体がしまっていた。ライアンは教える資格と本の契約とバレエ・ダンサーの女友達を持ち、ケビンは異様に刺青した体を持ち、彼の人生は再び自分のものにはならないだろうということを表す精神状態であった。想像上の階段は上りもするが下がりもするようだった。ライアンと兄は今は事実上二つの異なる社会的階級に属していて、ライアンは大学で教える仕事に就くためにダブリンに行ったが、一方、ケビンは子供時代の湿った寝室に戻り、時々精神病院に行くことを予想しながら、それ以後ずっとそこに留まった。おかしなことは、両親はケビンの挫折を非難することに耐えられなかったと同様に、ライアンの成し遂げたことにも誇りを持たなかったということだ、とライアンは言った。両親はケビンを追い出し、永久に彼を精神病院に入れておこうとしたが、彼は彼らの元に送り返され続けた、どうしようもない男ケビンは。そしてそれでも、両親は、作家で、大学の講師で、ダブリンの素敵な家に住み、バレエ・ダンサーではなく、アメリカに行く前からの大学時代の友達のアイルランドの娘と結婚しようとしているライアンを微かに軽蔑していた。ライアンがこのことから学んだことは、失敗は自分に戻り続けるが、成功はいつも自分に確信させなければならない何かであるということだった。

彼の細い青い目は、私たちの飲み物を持って日よけを通って近づいてくる若いウエイトレスをじっと見ていた。

彼女が彼のグラスをテーブルに置くためにかがんだ時、「ああ、僕と一緒に逃げよう」とライアンは言った。彼女は彼の言ったことを聞いたに違いないと私は思ったが、彼は正確に判断していた。彼女の素晴らしい彫像のような顔は揺らめかなかった。「なんという国民だ」と彼女が去っていくのをまだ見ながら彼は言った。彼はこの国のことをよく知っているかどうか私に尋ね、私はここアテネに子供たちと一緒に幾分運命を決するような休暇で来た、と言った。

「彼らは美しい国民だ」と彼は答えた。しばらくして、ここの気候や生活様式やそしてもちろん食事を考えてみれば、それを説明するのはまったく難しくない、と彼は言った。アイルランド人を眺めれば、何世紀にもわたる雨と腐ったジャガイモが目に浮かぶだろう。彼はまだ自分の中で汚染された肉体のあの感覚と戦っていた。彼がアメリカで感じたように、あるいはここで感じるようにアイルランドで清潔に感じるのは難しかった。私は彼に修士課程を終わってから何故故郷に戻ったのか尋ね、彼は理由はたくさんあるが、そのどれも特に強力ではない、と言った。すべてが一緒になって、彼を故郷に押し戻すことになったのだった。実際、その一つは、彼が最初アメリカがとても好きだったというまさにそのことだったが、それは本当は誰もどこからも来ていないという感覚だった。僕が言いたいのは、彼らはどこからか来なければならないけれど、自分を求めるために待っている故郷と同じ感覚、彼が飛行機で初めて雲の上に上った時、奇跡的に自由になったと感じた、前もって運命を定められているというあの感覚は、アメリカにはなかったのだ、と彼は言った。彼の仲間の学生は彼のアイルランド人らしさを重んじてくれた、と彼は言った。彼は自分がそれに取り入り、アクセントやすべてを身につけていることに気づき、アイルランド人であることは、それ自体アイデンティティなのだとほとんど確信するに至った。そして結局、他にどんなアイデンティティを彼は持つというのか？　どこからか来ないという考えは、彼を少し怯えさせた。彼は自分が呪われているのではなく、祝福されているのだと思い始め、前もって定められているという感覚を再び掻き立て始め、あるいは少なくともそれを異なる見方で見始めた。そして苦しい人生の経験を書くことに変えた――アイルランドはその基盤であり、トラリーでの彼自身の過去がその基盤だった。彼は突然アメリカの基礎となる個性のなさをうまく処理できないかもしれないと感じた。まったく正直に言うと、彼はプログラムで非常に才能のある学生ではなかった――彼は問題なくそのことを認めた――そして、一つの理由は、彼の仲間が取り組まなければならず、彼はその必要がないこの個性のなさであると、彼は思った。頼るアイデンティティがなければ、良い作家になるのではないか。世の中を不安な目で見なくなる。そして、彼は故郷にいた時よりも、アメリカでもっとアイルランド人であった。

彼は生徒の頃心の目でよく見たように、自転車に乗った黒い服を着た学生が黒鳥のように通りを滑るように進むダブリンを見始めた。ここずっと見てきたのは彼自身ではなかったのだろうか？　塀の中の自由で護られた街を滑るように進む黒鳥は。大草原のように大きく、平らで、境界のないアメリカ版の自由ではない。彼は教える仕事とバレエ・ダンサーと本の契約を携えて、適度な栄光の光に包まれて戻ってきた。バレエ・ダンサーは六か月後に帰り、そして本は――短編集の本は評判がよかったのだが――彼の出版された唯一の作品のままである。彼とナンシーはまだ連絡を取り合っていて、実際、先日フェイスブックで話したばかりであった。彼女はもう踊らず――精神療法士になっていたが、正直に言うと、彼女自身が少しおかしかった。彼女は母親と一緒にニューヨーク市のアパートに住み、四十歳だったが、彼女は変わっておらず、二十三歳の時と多かれ少なかれまったく同じであるようにライアンには思われた。そして、彼と言えば、妻と子供たちとダブリンの家があり、あらゆる点で違った人になっていた。発育不全、それが彼女に対して時々思うことだったが、そんなことを思うのは思いやりがないということが彼にはわかっていた。彼女はいつも彼にもう別の本を書いたか尋ねたが、ある意味で代わりに――もちろん彼はしなかったが――彼女はもう人生を生きたかどうか尋ねたかった。

短編小説はというと、彼はまだ好きで、時々その小説を取り上げて、読んでいる。時々、それらは作品集に再録されて出版される。少し前、彼のエージェントは版権をアルバニアの出版社に売った。だがある意味で、それは自分の古い写真を眺めるようなものである。かつての自分とのつながりの多くを捨ててしまったので、経歴を最新のものに改訂しなければならない時期が来る。どうしてそうなったのか、彼にはまったくわからない。彼はその小説の中の自分が誰であるかわからないだけであるが、それを書く、はちきれそうな感覚、自分の中にある何かが生まれようと集まって、否応なしに押し進む感覚は覚えている。彼はそれ以来その感覚を味わったことがない。宇宙飛行士や農夫に簡単になれるように思われる時、彼は作家のままでいるにはもう一度最初から作家にならなければならないだろう、と思う。第一に、以前何が彼を言葉に駆り立てたのかまったく覚えていないようだったが、まだ彼は言葉を扱っている。それは少し結婚のようであると思う、と彼は言った。決して繰り返されない強烈な時期に構造を作る。それは信頼の基盤であり、時々疑うが、人生の非常に多くのことがその基盤に根ざしているので、決して放棄しない。若いウエイトレスが私たちのテーブルを通った時に、でも、誘惑は極度にもなり得る、と彼は付け加えた。彼が次のように言ったので、私は非難するような眼差しを向けたに違いない。

「妻は友達と夜に出かける時、男性をじろじろ見る。もし彼女がそうしなかったら、僕はがっかりするだろう。よく見てごらんと僕は言う。何が起こっているか見てごらん。そして、彼女はまったく同じだ――出かけていって、自由に眺めるのだ」

私はそれから数年前、私の知らない夫婦を含む人々の集団とバーで過ごした夜のことを思い出した。その女性はずっと魅力的な娘たちを見て、夫の注意を彼女たちに引きつけた。彼らはそこに座って、様々な娘の特質を話し合っていた。そして、まったくやけになって、と、ちらりと女性の顔を時に思ったと見ていない誰も彼女が私は、ないが、顔をしかめた訳ではないが、私は彼女が誰も見ていないと思った時に女性の顔をちらりと見て、二人ともこの行為を楽しんでいると思った。

彼と妻は良い関係にあるとライアンは言った。二人は子供たちや家の仕事を分かち合った——彼の妻は、彼の母親のように殉教者ではなかった。彼女は自分の休暇で女友達と出かけ、留守の間、彼がすべてに気を配ることを当てにした。彼らはお互いに自由を与える時、彼らがその自由を求めるのは理解に基づいていた。少し計算されているように思われるが、僕はまったく気にしない、とライアンは言った。家庭を切り盛りするには、ビジネスの側面がある。彼らが何を必要とするか、そこに留まっていられるかについて、最初からみんなが正直であれば、それが一番良いのだ。

私の前のテーブルの上の電話が鳴った。それは息子からのメッセージだった。僕のテニスのラケットはどこにある？　君についてはわからないが、家族や教える仕事で、実際僕には書く時間がないのだ、とライアンは言った。特に教えることは——生気を吸い取るのは教えることだ。そして、一週間自分の時間がある時には、金のために、このような追加の講座を教えるのに使う。もし住宅ローンを払うか何か小さい文芸雑誌で日の目を見るだけの物語を書くかの選択なら——ある人々にとっては書く必要があることを僕は知っている、あるいは彼らはそう言うのだが、多くの人にとってはむしろその生活の方を好む、自分が作家だと言うのを好むのだ、と僕は思う。僕は自分自身が作家の生活を好まないとは言ってはいないが、それはまったくすべてではないし、最終目的ではない。まったく正直に言うなら、僕は喜んでスリラーを書くだろう。本当に金のあるところに行く——僕の学生の一人か二人はその道を選んで、世界に知れ渡った場合もある、と彼は言った。実際、そう言ったのは妻だった——そうする方法を教えたのはあなたじゃないの？　明らかに、彼女はプロセスを完全には理解していないが、ある意味で彼女は要点をついていた。そして、もし僕が知っていることが一つあるとすれば、それは、書くことは緊張から、内にあるものと外にあるものの間の緊張から生まれるということだ。表面的緊張——この言葉は悪くない題名じゃないか？　彼は椅子に深く座って、思いに耽るように通りの方をじっと見ていた。私は彼のスリラー小説の題名を『表面的な緊張』にすでに決めたのかどうかと思った。ともかく、『帰郷』を僕に書かせた状況を思い返してみると、僕はできなかったので、その場所に戻ろうとしなかったが、そのことは別に重要でないことに気づいた。僕は自分の中の特にその緊張を再現することができなかった。人生はある方向に人を送り出し、別の方向へと離れていく。それは自分の運命と折り合わないかのようであり、人が考える自分と本当の自分は一致しないかのようだ。魂全部が反逆している、と彼は言った。彼は自分のグラスのビールを一気に飲み干した。僕は今何に反逆しているか？　三人の子供と住宅ローンとあまり考えたくない仕事、それが反逆しているものだ。

私の電話がまた鳴った。それは昨夜の飛行機の隣の人からのメッセージだった。彼は船を出すことを考えていて、私も一緒に泳ぎに行きたくないか、と書かれていた。彼は一時間かそこらでアパートに私を迎えに来て、後でまた車で送ってくれるそうだ。ライアンが話している時、私はそのことを考えていた。僕に欠けているのは規律だとライアンは言った。ある意味で、僕が何を書くかは気にしない――僕は心と体が一致する感覚を味わいたいのだ、どういう意味だかわかる？　彼が話している時、私は想像上の階段が彼の前に見えなくなるまで伸びているのをもう一度見て、そして、彼がからかうように前に本をつるして、その階段を上るのを見た。日よけの陰の長さが後退して、通りのまぶしい光が進んできたので、私たちは今その二つの中間に座っていた。激しい暑さが丁度私の背中にあたったので、私は椅子をテーブルの方に動かした。仕事に就いている時にはそのための時間を作るだろう、人々が仕事をするための時間を作るように、とライアンは言った。僕が言いたいのは、誰かが仕事をしたかったけれど、時間がなかったというのを聞いたことがないだろう。どんなに忙しくても、何人子供がいても、どんなに義務があっても、情熱があれば、時間を見つけられる。数年前、僕は六か月の有給休暇を、ただ書くための六か月の休暇をもらったのだが、どうしたかわかる？　僕は十ポンド体重が増え、ほとんどの時間を赤ん坊を乗せたベビーカーを押して公園を回って過ごしたのだ。僕は一ページも書かなかった。それが書くことなんだ。情熱のための自由な時間を作っても、情熱は湧いてこない。結局、僕は家庭の雑事から離れるために仕事に戻りたくてたまらなくなったのだ。でも、僕はそこで教訓を学んだ、それは確かだ。

私は時計を見た。アパートまでは歩いて十五分かかり、私は行かなければならなかった。私は船旅に何を持っていくべきか、どのくらい暑いのか、寒いのだろうか、そして読む本を持っていくべきだろうかと考えていた。ライアンは、ウエイトレスが誇り高く、真っすぐに背筋を伸ばして、ふさふさした髪を静かに垂らして、日陰を出たり入ったりするのを眺めていた。私は所持品をバッグに入れ、席の端まで動いたが、それは彼の注意を引いたようだった。彼は頭を私の方に向けた。君自身はどうなの、何か書いているの？　とライアンは言った。

III

アパートはクレリアという女性のもので、彼女は夏の間アテネにいなかった。それは両側に建物がそびえ立ち、日のあたらない峡谷のような狭い通りに立っていた。クレリアの建物の入り口の反対側の角に、大きな日よけとその下にテーブルのあるカフェがあり、いつも数人の人が座っていた。カフェには、狭い通りに面した長い横の窓があり、窓は外のテーブルに向かって座っているもっとたくさんの人がいる写真ですっかり覆われていたので、とても信じられるような視覚的錯覚が作り出されていた。写真には、口紅を塗った口にコーヒー・カップを持ち上げ、笑いながら頭をそらせた女性とテーブルの向かい側で彼女の方へ身を乗り出した日焼けしてハンサムな男性がいたが、彼は何かおかしなことを言った人のまごついたような微笑みを浮かべ、指を女性の手首に軽く置いていた。この写真はクレリアの建物を出た時に最初に目にするものだった。写真の中の人々は実物より少し大きくて、アパートを出る時、いつも一瞬彼らは恐ろしく現実的に見えた。彼らの光景は瞬間的に人の現実感覚を圧倒したので、心を乱す数秒間、写真の人々は人が覚えているよりももっと大きく、幸せで、美しく思われた。

クレリアの部屋は建物の最上階にあり、他の階の部屋の扉を一つずつ通り過ぎる、曲線を描く大理石の階段を上ると着いた。クレリアの部屋に行くには、三階上らなければならなかった。一番下の玄関は通りよりも暗く、涼しかったが、上の階の後ろの窓のために、上ると、もっと明るく、暑くなった。屋根の丁度下のクレリアの扉の外は、暑さが――上ってきた疲れもあって――微かに息苦しかった。でも、私生活の場所に来たという感覚もあった。というのは、大理石の階段はここで終わり、それ以上先に行くところはなかったからだった。扉の外の踊り場に、クレリアは抽象的な形の流木で作られた彫刻を置き、この物体の存在は――下の階の踊り場にはまったく何もなかったので――クレリアか彼女が知っている人でない者は誰もここに上ってこないことを裏づけた。彫刻だけでなく、赤い陶器の鉢に入ったサボテンのような植物と飾りが――色のついた素材のより合わせた糸で作られたお守りが――白目(しろめ)のドアノッカーにかかっていた。

クレリアは作家で、訪問する作家たちは彼女にとってはまったく見知らぬ人だったが、彼らが使用できるように、自分のフラットをサマー・スクールに提供していた。そして実際、彼女の部屋の特徴から、著作は絶大な信頼と尊敬に値する仕事であると、彼女が思っていることは明らかだった。暖炉の右脇に大きな通路があり、そこを通ってクレリアの書斎に行くことができたが、それは四角い人目につかない部屋で、大きな桜の木の机と革の回転椅子が、一つだけの窓から離れた方を向いていた。この部屋にはたくさんの本の他にいくつかの彩色した木製の船の模型があり、それらは天井にまで達していた。ミニチュアの巻かれたロープや砂で磨かれたデッキの上の金管楽器に至るまで、それらは非常に複雑で美しく作られていた。そして、大きなものには、白い帆があり、それは緊張して複雑な曲がった位置に配置されていたので、本当にまるで風が吹き込んでいるように見えた。もっとよく見ると、帆はほとんど見えないような細い無数の糸に結ばれていて、それで船はその形に固定されていたのだ。帆にあたる風の印象から細い糸の絡み合いの光景に移るにはほんの数歩さがることが必要だったが、それは現実と幻想の関係をクレリアは例示しようとしたことを私は確信したが、私がしたように、客がもう一歩進むとは彼女は多分予想しなかっただろう。私は手を伸ばして、白い布にふれたが、それは布ではなく思いがけなく乾いてもろい紙だった。

クレリアの台所は十分に機能的で、彼女はここであまり時間を使わないということをはっきりと伝えていた。食器戸棚の一つには、秘密のウイスキーや他の比較的無用なもの――フォンデュのセットや深い魚鍋、ラビオリの圧縮器――がいっぱい詰まっていた。それらはまだ箱の中にあり、一つか二つはまったく空だった。調理台の上にパンくずを置きさえすれば、アリが列を作ってあらゆる方向から飛び出してきて、まるで飢えているかのように、その上を下っていくことだろう。台所の窓から見えるのは、配管や洗濯もの干しロープがある他の建物の裏側だった。部屋それ自体はまったく小さくて、暗かった。でも、本当に必要なものでそこにないものはなかった。

居間には、クレリアの恐ろしくたくさんの古典音楽の録音のコレクションが見つかった。彼女のハイファイ装置はいくつかの不思議な細長くて黒い箱でできていて、その黒さと細長さのために、それらが出す大きな音を予想できなかった。クレリアは交響曲を好んだ。実際、彼女は主な作曲家すべての交響曲を全部持っていた。独唱や独奏を賛美する作品に対して著しい偏見があり、ピアノの曲はほんの少ししかなく、実際オペラはまったくなかったが、ヤナーチェクが唯一の例外で、彼のオペラの作品全部をクレリアは箱に入ったセットで持っていた。私は『ブリタニカ国際大百科事典』を読んで午後を過ごすように、座って次々と交響曲を聞くかどうかわからなかったが、クレリアの心の中では、それらは多分同じものを、焦点が人間の部分の総合になり、個人が消される時に生ずるある種の客観性を表していると思われた。それは多分規律の、ほとんど禁欲主義の、一時的に自我を消す形であったろう——ともかく、クレリアの交響曲はぎっしり並んだ列の中で圧倒的に多かった。その一つをかけると、たちまち部屋は実際の大きさの十倍になり、オーケストラの組み立てるものすべてを、金管楽器や弦楽器やあらゆるものを提供しているように思われた。

二つあるクレリアの寝室は驚くほど簡素だった。それらは小さい箱のような部屋で、両方とも薄い水色に塗られていた。その一つには二段ベッドがあり、もう一つにはダブルベッドがあった。二段ベッドから、クレリアには子供がいないことがはっきりとわかった。というのは、子供部屋ではない部屋のその存在は、そうでなければ忘れてしまったかもしれない何かを示しているように思われたからだった。言い換えれば、二段ベッドは特定の子供よりむしろ一般的な子供の概念を表していた。もう一つの部屋では、壁全体を鏡のついた一組の衣装箪笥が占めていたが、私は中を見たことがなかった。

クレリアのアパートの中央には大きな明るい空間、広間があり、他の部屋の扉はすべてそこに集まった。そこの台座の上にうわ薬を塗ったテラコッタの女性の像が立っていた。それは大きくて三フィートくらいの高さで——台座を含めればもっと高かったのだが——そして、顔を上げ、手のひらと指を開いて腕を半ば上げた際立った姿勢の女性を見せていた。彼女は白く塗られた素朴なゆったりした服をまとい、顔は丸くて、平たかった。時々、彼女は何か言おうとしているように見え、時々、絶望しているように見えた。時たま、彼女はある種の祝祷を与えているように見えた。彼女の白い服は夕暮れ時に輝いた。部屋から部屋に行くのに彼女の前を通らなければならなかったが、彼女がそこにいることを忘れるのは驚くほど容易かった。手を上げ、広い平たい顔の彼女の白いぼんやり見える姿には、いつも少し驚かされた。下の階のカフェの人々とは違って、テラコッタの女性は、現実を一瞬小さく、深く、もっと私的で、はっきり述べるのが難しいようにした。

アパートには建物の正面をまともに横切る大きな屋外のテラスがあった。このテラスから、歩道の上高く、焼き固められ壊れた天使の載った付近の屋根が見え、遙か向こうに、郊外のスモッグに覆われた遠い丘が見えた。それは通りの峡谷を横切って向かい側の窓やテラスに面していた。時々、顔が一つか別の窓に現れた。一度、男がテラスに出てきて、何かを投げた。男の後から若い女が出てきて手すりに身を乗り出して、彼が投げたものを見た。クレリアのテラスは静かで、緑が多く、テラコッタの壺に入った大きな絡まった植物でいっぱいで、小さなガラスのランタンがつるされていた。中央に大きな木のテーブルとたくさんの椅子があり、クレリアの友達や仲間が暑い夏の晩をそこで過ごすのが想像できた。非常に大きな葡萄の木が影を作り、ある朝テーブルに向かって座っている時に、私はその中に巣を見つけた。それは丈夫な節のある茎の三叉路に作られていた。一羽の鳥が、薄い灰色のハトがその中に座っていた。昼も夜も私が見る度に、鳥はそこにいた。数珠玉のような黒い目をした小さな頭をまるでイライラしているよう動かしたが、何時間も鳥は寝ずの番を続けていた。一度頭上に大きなガサガサいう大きな音を聞いて、見上げていると、鳥が立ち上がるのが見えた。彼女は頭を葉の天蓋の中に押し込み、周りの屋根をじっと見た。それから、ぽきんという羽の音を立てて、鳥は行ってしまった。私は鳥が通りを飛び、それから旋回し、反対側の屋根に着陸するのを見た。鳥はしばらく鳴きながらそこに留まり、それから後ろを向いて自分の来たところを眺めた。それを見ると、羽をまた広げ、飛んで戻り、またガサガサいう大きな音を立てて、頭上をゆっくりと飛び、自分の部署に再び戻った。

私はアパートの中を歩き回り、いろいろなものを見た。私は二、三の戸棚や引き出しを開けた。あらゆるものがきちんと整頓されていた。混乱も秘密もなかった。ものは正しい場所にあり、完全だった。ペンや筆記用具の引き出し、コンピューターの備品の引き出し、地図や案内書の引き出し、きちんと仕切られた書類の入った書類整理棚があった。応急手当の引き出しやセロテープと接着剤の引き出しもあった。掃除の道具の戸棚があり、別の戸棚は工具用だった。居間の骨董の東洋の書き物机の引き出しは空で、埃の臭いがした。私は何か他のもの、手掛かり、腐敗するか繁殖する何か、秘密か混沌か恥の積み重ねを探し続けたが、見つからなかった。私は書斎にぶらりと入り、脆い帆に触れた。

IV

飛行機で私の隣の席だった人は、私より十分に一フィートも背が低く、二倍の幅があった。私は彼が座っている時に知り合ったので、こうした特徴を彼の性格と結び付けるのが難しかった。私の目に留まったのは、並外れた嘴のような鼻で、その上に目立って突き出した眉があり、それは銀白色の羽毛のような毛で覆われて海鳥のような少しおかしい印象を与えた。それでも、黄褐色の膝丈のショーツと完璧にアイロンがかかった格子縞の赤いシャツを着て、アパートの建物の反対側の日陰に立っている彼に気づくのに少し時間がかかった。彼の体には、様々な金の部分があった。小指の太い認印付きの指輪、どっしりとした金の時計、首に金の鎖でかけたサングラス、彼が微笑んだ時、金がきらりと光りさえし、すべて瞬間的に目を引いたが、前日、飛行機での会話の間私はそのどれにも気づかなかった。空中では、物質はそれほど重要でなく、違いはそれほど明らかではなかった。私の隣の人の物質的現実は、あの上では、非常に軽いものに思われたが、ここ下では具体化され、その結果、もっと見知らぬ人のように思われ、まるで状況はまたある種の束縛のようだった。

私が彼を見る前に彼が私を見たのは確かだと思ったが、彼は私が手を振るのを待ってから、お返しに挨拶した。彼は緊張しているように見えた。彼は通りのあちこちを見ていて、そこでは、桃やイチゴや暑さの中で笑っているような大きな塊のスイカを積んだ車のそばで、果物売りが、無秩序に大声を上げながら立っていた。私が道を渡って、彼の方に行くと、彼の顔には喜んで驚いたような表情が浮かんだ。彼は私の頬に少し素っ気なく不器用にキスをした。

「よく眠れましたか?」と彼は聞いた。

ほとんど昼食時で、私は午前中ずっと出かけていたのだが、私たちはお互いをずっと理解していて、前の晩空港のタクシー乗り場で私たちがさよならを言って以来、私には何も起こらなかったような親しい雰囲気を彼が作りたがっていることは明らかだった。実際、私は小さい青い寝室でほんの少ししか眠れなかった。ベッドの向かい側の壁にフェルトの中折れ帽を冠って、頭をそらせ、笑っている男の絵がかかっていた。見てみると、彼には顔がなく、真ん中に口がなく空白の卵型のものだけがあった。部屋が明るくなるにつれて、目や鼻が見えてくるのを待ち続けたが、見えなかった。

隣の人は車は直ぐ近くに止めてあると言い、少しためらってから、私を正しい方向に導くために、彼は私の腰に手を置いた。彼の手は、大きくて、少し鉤爪のようで、白い毛で覆われていた。私が彼の車をたいしたものでないと思うのではないかと心配した、と彼は言った。私がもっと何か豪華なものを想像したかもしれず、もしそうなら、恥ずかしい、と彼は言った。だが、彼自身は車を重視しなかった。アテネを回るには、それで十分だった。でも、他の人が何を期待するかまったくわかりません、と彼は言った。私ががっかりしなければよい、それだけだった。私たちは車のところに着いたが、それは小さく清潔で、他の点では目立たなかった。そして、私たちは車に乗った。船は車で四十分かかる沿岸に沿ったところにつないである、と彼は言った。以前はもっと街に近いマリーナにつないでおいたが、停泊料が非常に高かったので、数年前に変えることに決めたのだった。街の中心部から見て、彼の家はどこにあるのか、と私は尋ねた。彼はあいまいに窓の方を身振りで示し、三十分かそこら離れたところだ、と言った。

私たちは広い六車線の大通りに出ていたが、その横を車が絶え間なく大きな音を立てて走り、そこは暑さと騒音が極端にひどかった。車の窓は広く開けられ、隣の人は片手をハンドルに置き、もう片方の手を窓の下枠に置いて運転したので、彼のシャツの袖がひどく風にはためいた。彼は一貫性のない運転手で、一車線から次の車線に突っ込み、話している間、頭を道からまったくそむけていたので、彼が気づく前に、赤信号や他の車の後部が急にフロントガラスに現れた。私は怖くなって、黙ってしまい、今では中央の大きなギラギラ光る建物の後に来た埃っぽい敷地や道路の縁をじっと見ていた。私たちは、けたたましい警笛とエンジンの音に満ちたアーチ型のコンクリートの交差点に進んだが、太陽はフロントガラスに打ち付け、ガソリンとアスファルトと汚水の臭いが開いた窓から入ってきた。そしてしばらくの間、五、六歳の小さい少年が後ろに座ったスクーターに乗った男と並んで走った。少年は男の中心部に両手でしがみついていた。少年はとても小さく、無防備で、車や金属の手すりやガラクタを積んだ非常に大きなトラックが、彼の肌から数インチのところを急いで通り過ぎた。彼はショーツとベストしか身に着けておらず、足にはサンダルを履いていた。そして私は、窓越しに彼の保護されていないか弱い手足と風に波打つ柔らかい金褐色の髪の毛を眺めた。それから、アーチ型の道は曲がり、低い廃墟となった建物や未完成の道やガラスのない窓から細い木の生えた決して完成しない家の骨組みが散らばったカーキ色をした雑木地の向こうにキラキラ光る青い海が見えた。

キラキラ光る海に向かって、小さい車が丘を飛ぶように下りていった時、私は三回結婚したのです、と隣の人は言った。昨日の会話では二回だけ認めたことに気づいたが、今日は正直になろうと誓ってここに来たのだ、と彼は言った。三回の結婚と三回の離婚。私は完全な失敗者です、と彼は言った。私が何と答えようかと考えていると、彼が述べなければならないもう一つのことは彼の息子で、今は島の家族の家で暮らしているが、調子がよくない、と彼は言った。彼は非常に不安な状態で、午前中ずっと父親に電話していた。こうした電話は多分もう数時間続くだろう。そして、彼は電話に出たくはないが、もちろん出なければならなかった。私が息子さんはどこが悪いのかと尋ねると、彼の鳥のような顔が深刻になった。統合失調症という病状を知っていますか？ それが彼の息子が患っているものだった。大学を去った後二十代で発症して、ここ十年以上の間に数回入院したが、説明するには複雑すぎるいくつかの理由で、彼は現在父親の管理下にあった。お金に手を出さない限り、彼は島で十分に安全である、と隣の人は判断したのだった。そこでは人々は同情的で、ちょっとした困ったことを許すほど十分に一家をまだ尊敬していたのだが、困ったことはすでにいくつか起こっていた。だが数日前に、もっと深刻な出来事があり、その結果、隣の人は、いわば息子を家に拘禁しておくために、島で息子の付き添いに雇った若い男と話さなければならなかった。彼の息子は監禁に耐えられず、それで絶えず電話をしてきたのだが、今度は息子の電話ではなく、仕事は契約の条件を超えていると感じ、給料を再交渉したいという付添人からのものだった。

私がそれは二番目の妻が地下貯蔵庫に閉じ込めたのと同じ息子かと尋ねると、彼はそうだと言った。彼は愛らしい子だったが、それからたまたまイギリスの大学に行き、ちょっとした薬物の習慣を身につけた。彼は学位を取らずに大学を去り、あてもなくギリシャに戻ってきて、そこで彼のために仕事を見つける様々な努力がされた。彼は彼女がスキーの指導者の夫と暮らしているアテネの郊外の大きな屋敷に母親と一緒に住んでいたが、彼の行動が日ごとに悪化してきたので、彼女は彼が自分の自由の厄介物、障害であると思ったことを、隣の人は疑わなかった。だがそれでも、彼女の最初の処置、まず彼の父親と話し合わずに、彼を病院に収容したことは幾分極端だった。彼は薬剤を投与され、そのために太って不活発になり、実際、植物人間になってしまった。そして、彼の母親はアルプスの慣例の冬の住居に住むために、夫と共にアテネを去った。それはもちろん数年前のことだが、状況は根本的には変わっていなかった。少年の母親はそれ以上彼に関して何もしなかっただろう。もし父親が彼を病院から出して、世の中に住まわせることを選ばなかったら。それが彼の責任だった。

私たちの前の会話で隣の人が理想化したように思われた最初の妻がそのように冷たく振る舞ったことに驚いた、と私は言った。それは彼女の性格から生じた印象に合わなかった。彼はそのことを考え、それから彼女は結婚していた時はそんな風ではなく、彼女は変わってしまい、彼が知っていた人とは違った人になってしまった、と言った。彼が彼女のことを愛情を込めて語る時、彼が話しているのは彼女の以前の姿であった。私は人はそんなに完全に変わり、以前とはまったく異なる道徳性を展開するとは信じられない。単に人のその部分が休止状態にあって、状況によって呼び起こされるのを待っているに過ぎない、と言った。私は私たちのほとんどはどの程度本当に良いか、本当に悪いかわからず、私たちの大部分がわかるほど十分に試されることはないだろう、と言った。でも、彼が――ほんのわずかでも――彼女がどうなるか微かに気づいた瞬間があったに違いなかった。いいえ、あったとは思いません。彼女はいつも他のすべてより先に、子供たちに対して献身的な素晴らしい母親でした、と彼は言った。彼らの娘は素晴らしい成功者で、ハーバード大学で奨学金を授与され、その後、世界的なソフトウェアの会社に引き抜かれ、今は私もきっと聞いたことがあるに違いない場所、シリコンバレーにいた。私は聞いたことはあるが、心に描くのは難しいといつも思った、と言った。私はそれがどの程度概念的か、どの程度実際の場所であるか確認できなかった。私はそこにいる娘を訪ねたことがあるか、と尋ねた。彼はないと認めた。彼は世界のその地域に行ったことがなく、その上、そのような訪問に必要な長い時間息子から離れることが心配だった。だが、彼女はギリシャに戻ってこなかったので、彼が娘に数年間会っていないのは本当だった。成功は人を知っているものから引き離すけれど、失敗はそこに縛り付けるように思われます、と彼は言った。私は彼女に子供がいるかと尋ねると、彼はいないと答えた。彼女は別の女性と共同関係――そう呼ぶのだろうか？――にあり、それ以外は、仕事が彼女にとってすべてだった。

今考えてみると、彼の妻は幾分完全主義者だったと思う、と彼は言った。結局、一度の口論が彼らの結婚を終わらせたすべてだった。彼女がどうなるかの兆候があったとするなら、それは多分失敗は彼女が耐えられないものだったということだった。彼らが別れると、彼女は直ぐに非常に金持ちで悪名高い男友達、船の所有者で、オナシスの親戚と親しくなった。この男は本当に並外れて金持ちで、ハンサムで、彼女の父親の友人でもあったので、隣の人は何故関係が終わったのかどうしてもわからなかった。というのは、この男が彼女が望んでいたすべてであるというのが彼の印象だったからだ。ある意味で、このハンサムな億万長者を彼女が選んだことが、彼が彼らの結婚の失敗を理解するのに役立った。このような対抗者のおかげで、彼は自分の敗北を受け入れることができた。一方、スキーの指導者のクルツは不可解だった。魅力も金もない男、山に雪がある時に年に数か月だけ生き生きとする男。その上、狂信的な信仰を持ち、宗教的な儀式を重んじる男で、明らかに妻と子供たちに——彼らがまだ家にいる間は——服従するように強く要求した。子供たちは祈禱や黙禱を強制され、テーブルに向かって座らされていた——必要ならば何時間も——彼らの皿の上のものを一つ残さず食べてしまうまで。彼を「お父さん」と呼ぶように要求され、日曜日にはテレビや娯楽を禁じられたことを、隣の人は話した。かつて、隣の人が大胆にも彼女にクルツのことをどう思うのかと尋ねると、彼女は、彼はあなたの正反対よ、と答えたという。

私たちは今海に沿って走り、家族連れがピクニックをしたり、泳いだりしている、散らかったように見える浜を通り過ぎ、パラソルやシュノーケルや水着を売っている道端の店を通り過ぎた。隣の人は間もなくそこに着くと言った。旅が長すぎると私が思っているのではなければよいと彼は考えていた。私が何か豪華なものを期待しているといけないので、彼の船はかなり小さいということを述べておくべきだ、と彼は言った。彼は二十五年間船を所有していて、それは強風の中でも岩のように安定しているが、ほどほどの大きさだった。船には一人の人があるいは「非常に愛し合っていれば、二人の人が」快適に夜を過ごせる船室がある、と彼は言った。彼は自分だけでよくそこで夜を過ごし、一年のある時期には、彼は島へと船で行ったが、三日か四日の旅だった。それはある意味で彼の隠者の住居、誰にも煩わされない場所であった。彼は沖に出て、船を錨でつなぐと、まったく一人になれた。

私たちはやっとマリーナが見えるところに来て、隣の人は車を道の脇に寄せ、一列の小舟が停泊所につながれている木製の浮橋に並行して車を止めた。彼は何か必要なものを買ってくる間、そこで待っているように、と言った。また船にはトイレがないので、行く前に快適にしておくようにとも言った。私は彼が道の方へと上って戻っていくのを眺め、それから陽の光の中でベンチに座って、待っていた。小舟は明るい水の中であちこちに揺れた。その向こうに、銃眼付きの城壁のような形をした沿岸といくつかの岩と遙か遠く海の中にある小さな島々が見え、すべて湾を横切って連なっていた。ここは街中よりも涼しかった。そよ風が、海と道の間にもつれた茂みになっている植物にあたって乾いたカサカサいう音を立てた。私は小舟を見て、どれが隣の人のものなのだろうかと思った。小舟はどれも多かれ少なかれ同じようだった。付近には人々がいたが、ほとんどが隣の人の年齢と同じくらいの男性で、デッキシューズを履いて、浮橋をあちこち歩くか、陽の中に白髪の混じった胸毛の生えたむき出しの胸をさらして、自分の船で作業していた。口をぽかんと開けて、大きな逞しい腕を脇に垂らして、私をじっと見ている人もいた。私は電話を取り出して、アテネに発つ直前にローンを増やすために私が書いた申込書を処理しているイギリスの住宅ローン会社の番号に電話した。申込書を扱っている女性はリディアという人だった。彼女は私に今日電話するように言ったが、電話をする度に、私は彼女の音声メールのメッセージを聞いた。彼女は休暇でもうすでに過ぎてしまった日まで会社にいない、とメッセージは言ったが、それは、彼女が音声メールをそれほどよく聞かないという印象を与えた。浜辺に座って、私はメッセージをまた聞いたが、今度は――多分他にすることがなかったので――私自身がメッセージを残し、合意したように私は電話したと言い、折り返し電話をくれるようにと彼女に頼んだ。この明らかに無駄な行動の後で、私が見回すと、隣の人が買い物袋を持って戻ってくるのが見えた。彼は船を準備する間、袋を持っていてくれるように私に頼み、それから浮橋を渡って、膝をつき、水から一本の濡れたロープを引き出し、向こうの端にある小舟を引き寄せることに取りかかった。小舟は白く、木の外装で、明るい青い日よけがついていた。正面に大きな革の舵輪があり、後ろにクッションを取り付けた座席があった。小舟が十分に近くに来ると、隣の人はどっしりと船に飛び乗り、買い物袋に手を伸ばした。しばらくの間、彼は忙しく品物をしまい、それから、私が乗るのを手伝うために、また手を伸ばした。私はこの行為で特に足元が確かでないのに気づき、驚いた。私は座席に座り、彼は舵輪から覆いを取り外し、エンジンを水に降ろして、たくさんのロープをつないだり、解いたりし、それから、舵輪のところに立ち、エンジンをかけ始めると、それは水中でうなるような音を立て、私たちはマリーナからゆっくりと後退し始めた。

しばらく進んで、自分が知っているよいところに着いたら、止まって、泳ぎましょう、と彼はエンジンの音よりも大きな声で言った。彼はシャツを脱いでいて、彼が運転している間、彼のむき出しの背中が私の方を向いていた。それはとても広くて、肉付きがよく、太陽と年齢のために革のようで、たくさんのあざや傷跡や白髪混じりの固い毛が生えているのが目立った。それを見て、まるで彼の背中が私が迷い込んでしまった外国のように思われ、半ば混乱した悲しみに私は圧倒されるのを感じた。あるいは、迷うという感覚には、結局自分の知っているものを見つけられるという希望が付随していないのだから、迷うのではなくて追放された外国なのかもしれなかった。彼の年を重ねた背中は、私たち二人を、別々の変えることのできない過去に置き去りにするように思われた。知らない男の人と一人で船で出かけるなんて愚かだと思う人がいるかもしれないという考えが、不意に私の心に浮かんだ。でも、他の人が思うことは、もはや私にとって何の助けにもならなかった。こうした考えはある組織の中にだけ存在するので、私ははっきりとこうした組織を離れていた。

私たちは今や外洋に出ていて、隣の人は船に違ったギアをかけたので、船は突然非常に力強く前方に飛ぶように動いたので、私は彼に気づかれず、後部から海にもう少しで落ちるところだった。轟きわたるエンジンの音が直ぐにあらゆる他の風景や音に取って代わった。私たちが湾をごうごうと音を立てて走る時、私は脇に沿って伸びている手すりを掴んで、しがみついていたが、船の全面は繰り返し上がったり、叩きつけるように水のところまでまた下がったりして、水しぶきがあらゆる側面に波型に広がった。彼がこれから起こることを私に警告しなかったことに、私は腹を立てた。私は動くことも話すこともできなかった。私はただしがみつき、私の髪は逆立って、私の顔は風の圧力でこわばってきた。船は強く上下に揺れ、舵輪のところの彼のむき出しの背中を見ていると、私はますます腹が立った。彼の上背部には、ある種の自意識があった。それでは、これは演技であり、一つの見せびらかすやり方だったのだ。彼は一度も私の方を振り返らなかった。というのは、人は他人に対する自分の力を見せつけている時には、最も彼らを意識しないからである。目的地に着いて、私がもはやそこにいないことに気づいたら、彼はどう感じるだろうか、と私は思った。私は彼が飛行機で会った隣の女性にこの最新の不注意について説明するのを想像した。彼女は船に乗りたいとうるさくせがんだが、航海について最も重要なことを知らないことがわかった、と彼は言うだろう。まったく正直に言って、それは完全な惨事だった。彼女が船から水中に落ちるなんて。そして、今私はとても悲しい、と彼は言うだろう。

やっとエンジンの音が消えていった。船はスピードを落とし、急角度で海から出ている岩の多い島の方へとゆっくりと進んだ。隣の人の電話が鳴り、答える前に、彼はまごついたように画面を見ていた。彼は流暢にギリシャ語で話し始め、小さいデッキを行ったり来たりし、時々指で舵輪を調べていた。私たちは、たくさんの海鳥が岩の多い岬にとまっている、澄んだ小さい入り江に近づいているのがわかったが、そこではキラキラ光る水が渦を巻き、小さい渦巻き状の砂にあたって、引いていった。島は人がのるには小さすぎた。それは鳥以外には、手を付けられておらず、寂れていた。私は隣の人の会話が終わるのを待っていたが、それはかなりの時間がかかった。だが、やっと彼は電話を終えた。それは何年も話していない人からで――実際、彼女が私に電話をしてきたことに驚きました、と彼は言った。彼は指を舵輪に置き、しばらく黙っていたが、彼の顔は暗かった。彼女は私の兄の死について聞いたところなのです、と彼は続け、彼女はお悔やみを言うために電話をしてきたのだった。私は彼の兄はいつ亡くなったのかと尋ねた。ああ、四年か五年前です、と彼は言った。でも、彼女はアメリカに住んでいて、ギリシャには長いこと戻ってこなかったのです。彼女は今ここを訪問中で、その知らせを知ったばかりなのです。彼の電話がほとんど直ぐにまた鳴り、彼はまた電話に出た。再びギリシャ語の会話で、これもまた長かったが、もう少し事務的だった。電話が終わると、手で払いのけるような素振りをして、仕事です、と彼は説明した。

船は、ひたひたと打つ水の中で漂って、止まった。彼は後部に来て、区画室を開け、中には小さい錨があり、彼はそれを付いている鎖で側面の外にぐいと引いた。もし泳ぎたいなら、ここは泳ぐのに良いところです、と彼は言った。私は澄んだ水の中に錨が落ちるのを眺めていた。船が固定されると、隣の人は船首のところまで来て、側面からドブンと飛び込んだ。彼が行ってしまうと、私はタオルで体を包み、不器用に水着に着がえた。それから飛び込み、その向こうに外洋が見えるように、島の周辺までずっと反対の方向へ泳いでいった。反対側には、遠くの海岸がとても小さい形や人影でいっぱいの揺れ動く線のようだった。その間に、別の船が着いて、私たちの船からそう遠くないところに錨を下ろし、人々がデッキに座っているのが見え、彼らが話したり、笑ったりする声が聞こえた。彼らはたくさんの明るい水着を着た子供たちのいる家族のグループで、子供たちは水に飛び込んだり出たりして、時々、赤ん坊の泣く声が入り江のあたりにか細くこだました。隣の人はすでに船に戻り、そこに立って、手をかざして目を覆いながら、私が進むのを眺めていた。じっと座っている緊張の、アテネの暑さの、そして知らない人と時を過ごす緊張の後で、泳ぐことは快く感じられた。水はとても澄んで、静かで、冷たく、海岸線の形はぼんやりして、古びていて、近くの小さい島は誰のものでもないように思われた。私は外洋まで何マイルも泳ぐことができると思った。自由を得たいという願望、動きたいという衝動が、それはまるで私の胸に結ばれた糸のように、私を強く引いた。それは私がよく知っている衝動で、それは、かつてはそうだと信じていたより大きな世界からの呼び出しではないということを私は知っていた。それは単に私が持っているものから逃れたいという願望だった。糸は限りなく広がる個性のない大海原以外にはどこにも導かなかった。私が望むことが溺れることなら、私は好きなだけ遠くへ、外洋へと泳いでいくことができた。だがそれでも、この衝動、この自由になりたいという願望は、私にとってやむにやまれぬものだった。それに関することはすべて錯覚であるということが証明されたのに、私はそれでもどういう訳かそれを信じていた。私が船に戻ると、隣の人は、人が遙か遠くまで泳ぐのを好まない、と言った。それは彼を不安にさせた。警告なく、どこからともなくモーターボートがやって来ることはあるし、そのような衝突はあり得ることだった。

彼はデッキに置いてある保冷箱からコカ・コーラを私にくれ、それからティッシュの箱を差し出して、そこから自分でも手いっぱいティッシュを取った。彼は鼻を長くすっかりかみ、一方、私たちは二人とも、隣の船の家族を眺めていた。小さい二人の男の子と一人の女の子がそこで遊び、船縁から飛び込み、それから、水で体をキラキラと輝かせて次々と梯子を上って戻ってきた。日よけ帽を冠った女性がデッキに座って、本を読んでいて、彼女の近くの覆いの陰に赤ん坊の乳母車があった。長いショーツを着てサングラスをかけた男性が電話で話しながら、デッキを行ったり来たりしていた。私の過去のどの時点よりも、現在、状況は困惑するものであり、苦しいものである、と思うと私は言った。それは自分の知覚するものを濾過する何か特別な能力を私は失ってしまったかのようであった。かつては気づいていたものが、もはやそこにはないように。野放しに雨や風が勢いよく通り抜ける窓ガラスがない状態のように。同じように、私は当惑して自分の見るものにさらされていた。ヒースクリフとキャシーが暗い庭から窓越しにリントン家の居間をじっと眺め、中の明るく照らされた家族の光景を見ている『嵐が丘』の章のことを、私はしばしば考えた。この光景で致命的なのは主観性である。窓越しに眺めて、彼ら二人は異なったものを見ているのだった——ヒースクリフは彼が恐れ、憎むものを、そして、キャシーは彼女が望み、奪われていると感じるものを。だが、彼らのどちらも物事をありのままに見ることはできない。そして同じように、私は自分の外に存在する自分自身の恐れや望みを見始め、他の人々の生活の中に自分自身の生活の解説を見始めていた。船の家族を見た時、私はもう自分が持っていないものの光景を見たのだった。言い換えれば、私はそこにない何かを見たのだ。あの人たちは彼らの瞬間を生きていて、私はそれを見ることはできたが、私たちを隔てる海を越えて歩くことができないように、私はその瞬間に戻ることができなかった。そして、この二つの生き方——その瞬間生きることとその外で生きること——どちらがより本物なのだろうか?

彼自身の家族では体面は非常に重要視されたが、——多分決定的に——それをごまかしと見せかけのからくりとして見ることを学んだ、と隣の人は答えた。そして、緊密な関係においては、明らかな理由でごまかしは最大でなければならなかった。例えば、彼の経験で知っている男性の多く——彼の叔父たちや彼らの社交界の人々——は一生の間に一人の女性と結婚したままで、たくさんの愛人を持った。だが、彼の父親が同じように母親との関係を維持するとは思ってもみなかった。彼は父と母を一つの単位だと理解していたが、一方例えば、叔父のテオは二心あることを知っていた。しかし、彼はこの区別は実際存在するのだろうか、言い換えれば、実際は幻想である結婚のひな型に従おうとして、大人の人生を送ってきたのではないか、とますます思い始めた。

隣の人の寄宿学校の近くに、テオが泊まるのが好きなホテルがあり、テオはよくやって来て、彼をお茶に誘ったが、いつも違った「友達」が一緒だった。こうした友達は香水をつけ、美しかったが、叔母のイリーニは浅黒く、ずんぐりしていた。並外れた大きさと長さの硬い黒い毛が生えた彼女の顔には、いくつかのイボがあり、隣の人はこの容貌に生涯魅了され、イリーニが亡くなって三十年になるが、それはまだリアルであり、嫌悪の永続性を象徴していたが、一方、美しさは一度見て、二度と見なかった。六十三年の間の結婚の後に八十四歳でイリーニが亡くなった時、叔父のテオは彼女を埋葬させず、その代わり、彼女をガラスの箱に入れさせ、アンフィールドのギリシャの教会堂の地下納体堂に置かせ、彼に残された六か月の間毎日、彼は彼女の元を訪れた。隣の人は、テオとイリーニが一緒にいると、必ず並外れて激しい場面を目撃した。家への電話さえいつも口論を伴い、彼らのどちらかが子機を持って、もう一人をののしり、電話をかけた人は仲裁人になった。彼自身の両親も激しく戦闘的だったが、テオと彼の妻のレベルには及ばなかった――彼らの戦いは、もっと冷たく、だが多分辛辣な戦いだった。先にロンドンで亡くなったのは彼の父親で、彼の遺体はイリーニが置かれている同じ地下納体堂に保管された。というのは、彼の母親が島に家族の墓を作ることを思いつき、仕事は非常に壮大だったので予定よりも遙かに遅れ、彼が亡くなった時、彼を受け入れる準備ができていなかったからだった。彼女は彼の父親が最初に病気になった時にこの考えを思いつき、彼の父親の人生の最後の年は、彼を包み込むために作られている墓の進行状況についての報告書をほとんど毎日受け取ることに費やされた。この苦しめる独特の方法は、彼らの生涯にわたる論争の最終的な手段のように思われたかもしれないが、実際、彼の母親自身が亡くなった時――私にすでに話したと思うが、丁度一年前に父親の後で――墓はまだ完成していなかった。彼女はアンフィールドの地下納体堂で夫と一緒になり、七か月後にやっと、彼らの遺体は、二人が生まれた島に一緒に飛行機で運ばれた。他の親族の――両方の側の祖父母やたくさんの叔父や叔母たちの――埋葬と墓からの発掘と巨大な新しい墓への再設置を隣の人はたまたま目撃した。彼は貨物室に両親の遺体を乗せて島に飛行機で戻った。彼は墓掘りと一緒に様々な棺を運び、配置する不快な仕事に一日中没頭して過ごした。彼は特に彼の母の父親であ

——る祖父が地面の表面に戻るのを見て怯えたが、この祖父は非常に悪さの好きな男で、彼らの日々の最後まで——記憶の中でさえ娘に及ぼし続けた祖父の力のために、彼の両親の諍いの原因となった。午後遅く、彼の両親が最後に巨大な大理石の建築物の中に降ろされた。隣の人は、ロンドンに直ぐに戻らなければならなかったので、飛行場に戻るタクシーを待たせていた。だが戻る途中タクシーの中で、彼は恐ろしいことに突然気づいた。家族の遺体を再配置している時、どういう訳か、彼は両親を並べて置かなかったのだった。さらに悪いことに、二人の間に置かれたのは祖父の棺だったことを、タクシーの後ろの席ではっきりと思い出した。直ぐに彼はタクシーの運転手に向きを変えて墓地に戻るように命じた。墓地に近づいた時に、彼はタクシーの運転手に彼を手伝ってくれるように言った。タというのは、今では、ほとんど暗く、他の人はみんな家に帰ってしまったからだった。タクシーの運転手は同意したが、暗闇の中で墓地の門を入るやいなや、彼は怯え、隣の人を一人残して、逃げてしまった。どのようにしてなんとか独力で墓を開けたのか覚えていない、と隣の人は言った。彼はまだかなり若かったが、それでもその時、彼は超人間的な力を与えられたに違いなかった。彼は縁から上り、墓に降りていき、そこで確かに、祖父の棺に挟まれた両親の二つの棺を見た。それらを正しい位置にそっと動かすのは、それほど難しくなかったが、その仕事を終えると、墓が急で深いために、外にまた出ることは不可能であることに彼は気づいた。彼は大声を出し、叫んだが、無駄だった。彼は飛び上がり、足場を見つけようとして、墓のすべすべした側面をさぐった。

でも、私はどうにかして出たに違いないと思います。私は一晩中そこで過ごさなければならないかもしれないと思ったのですが、確かにそうはしなかったからです、と彼は言った。結局、タクシーの運転手が戻ってきたのかもしれませんが――私は覚えていません。彼は微笑み、しばらくの間私たち二人は、輝いている水の向こうのもう一つの船の上の家族を眺めていた。私の息子が、飛び跳ねているあの二人の男の子の年頃だった頃、彼らはとても親密で、彼らの別々の性質を見分けるのが難しいほどだった、と私は言った。彼らは朝目を開けた瞬間からまた目を閉じる瞬間まで途切れることなく一緒に遊んでいた。彼らの遊びはその中で彼らが想像の世界を作るある種の共有した催眠状態のようなものであり、その計画と実行は、他の誰にも見えなかったが彼らにとってはリアルであるゲームや企画に絶えず熱中していた。時々、私が明らかに取るに足らないものを動かしたり、捨てたりすると、それは進行中の遊びの神聖な支えとなるものだ、と言われたが、その遊びは、魔法の川のように私たちの家庭を尽きることなく流れるように思われる物語で、彼らは他の誰にも見えない戸口を通って、思いのままにそこから出たり、また入ったりできた。そしてそれから、ある日川は干上がってしまった。彼らの共有した想像の世界は終わったのだったが、その理由は、彼らの一人が――それがどちらだったか、思い出すことさえできないが――その世界を信じることをやめたからだった。言い換えれば、誰が悪いのでもなかった。それでも、彼らの人生で美しかったもののどんなに多くが、厳密に言えば、存在するとは言えないものを共有する幻覚の結果であったことを、私は痛感した。

それは一つの愛の定義、二人だけが見ることができる何かへの信頼で、この場合は、それは一時的な生きる基盤になったのだと思う、と私は言った。共有する物語がなくなると、二人の子供たちは言い争いを始め、彼らの遊びがその世界から彼らを遠ざけ、時には一度に何時間も彼らには手の届かないものになったのに、彼らの口論は絶えずその世界に戻った。彼らは私か彼らの父親のところに仲裁や公正を求めてやって来るのだった。彼らは事実が、彼らが行ったり、言ったことが、より重要であると思い始め、自分たちのために、そしてお互いに相反する事実を築き始めた。この愛から実際性への転換をその時私たちの家庭で起こっていた他のことの鏡として見ないようにすることは難しかった、と私は言った。印象的だったのは、彼らの以前の親密さをまったく否定する能力だった。それはまるで家具が家から取り出されて、歩道に置かれるように、中にあったものが一つずつ外に動かされるかのようだった。それは大変なことのように思われた。というのは、見えなかったものが今は見えたからだった。かつては役に立っていたものが、今や不要になった。

彼らの対立は彼らの調和とまったく比例していたが、調和は時間を認識しないし、無重力であるのに対して、対立は時間と空間をとった。触れることのできないものが確固となり、観念的なものが具体化され、個人的なものが公のものになった。平和が戦争になる時、愛が憎悪に変わる時、何かが、純粋な死の力がこの世に生まれる。愛が私たちを不滅にするものならば、憎悪はその反対のものである。そして驚くべきことは、非常に多くの些細なことが集まるので、何もそれに影響を受けないままのことはない、ということである。子供たちはお互いから自由になろうと努力したが、お互いに干渉しないことはまさにできないことだった。彼らはあらゆることに関して喧嘩をし、非常につまらないものを所有することで争い、話し方の単なるニュアンスでひどく怒ったり、とうとう些細なことで逆上して、爆発して肉体的な暴力を振るうようになり、お互いに殴ったり引っ掻いたりした。そのため、彼らはまた些細なことで狂乱状態に戻った。何故なら、肉体的な暴力は、時間のかかる法と裁きの手続きを伴うからだった。誰が誰に何をしたかの話がされなければならず、罪と罰の問題が立証されたが、これは彼らのどちらも満足させなかった。そしてそれは決して来ることのない解決を約束するように思われたので、実際、物事をさらに悪化させた。込み入った事柄が具体的に挙げられれば挙げられるほど、争いはもっと大きく、現実的なものになった。彼らのそれぞれが、何にも増して、自分が正しく、相手が間違っていると、言ってほしがったが、彼らのどちらかを完全に責めるのは不可能だった。そして結局、目的が真実を立証することである限り、それは解決できない。というのは、もはや唯一の真実はなく、それが重要だったからである、と私は言った。もはや分かち合った見方はなく、分かち合った現実さえなかった。彼らのそれぞれが、自分自身の見方だけで物事を見た。一つの見方しかなかったのだった。

隣の人はしばらくの間黙っていた。間もなく、彼の場合、結婚生活の浮き沈みを通して、子供たちは支えであった、と彼は言った。彼はいつも自分が良い父親だと思ってきた。実際、彼が彼らの様々な母親を愛したよりも子供たちをもっと愛することができ、お返しに彼らに愛されたと感じることができた、と彼は思った。でも、最初の結婚が終わり、子供たちに及ぼす離婚の影響をとても心配していた時期に、彼自身の母親が、家庭生活は、何をしようとも、ほろ苦いものである、と言った。もし離婚でなければ、何か他のことだろう、と彼女は言った。人々はそうではないと納得させるために何でもするだろうが、汚れのない子供たちなどというものはなかった。苦しみのない人生などというものはなかった。そして離婚はと言えば、聖人のように生活してさえ、どんなにそれを正当化しようとしても、それでもやはり喪失感を感じるだろう。六歳のあなたに二度と会えないと思うだけで泣けてくる――もう一度六歳のあなたに会うためなら、私は何でも差し出すでしょう、と母は言ったのです。でも、どんなに止めようとしても、あらゆるものがなくなります。そして、あなたのところに戻ってきたものには何にでも感謝しなさい。それで、彼はこの世の中で見事に生きることに失敗した息子にさえ感謝しようとした。彼の息子は、多くの傷つきやすい人々と同じように、動物に心を奪われ、あれやこれやの無力の動物を救い、家を与えてくれるようにという絶えることのない頼みに負けて、隣の人はとうてい話すことができないほどの困った問題に巻き込まれた。犬、猫、ハリネズミ、鳥、そしてキツネに殺されかけた赤ん坊の子羊さえ、隣の人は一晩中起きてその口に温かいミルクを入れた。徹夜している間、特に彼自身のためではなく、彼の息子との関係で彼が選んだ孤独な道、息子を最大の感受性と寛大さをもって扱うという道をこのことが肯定するだろうと思って、子羊が生きることを望んだのだった。もし子羊が生きたら、——宇宙からだけかもしれないが——この少年を捨て、精神病院に入れた彼の母親とまったく逆に行動しようと決めた隣の人の決心の一種の肯定と見なされるかもしれなかった。だがもちろん、タキスがまだ寝ている間に、彼は子羊を埋葬した。そしてこれは、この子を残酷さにさらさずに扱おうと決めたことに対して愚かだと感じる数えきれない出来事の一つに過ぎなかった。自分に悪い印象を与えるものを自分のものだとは認めない彼の前の妻のような人を、宇宙は好むようです、と彼は言った。でも物語では、悪いことは戻ってきて、彼らに付きまとう。彼の今の問題が先週の晩に起こったのだが、その時、息子の付添人は博士号の勉強をするために引きこもり、島の柵をめぐらせた囲いの中に入れられていたたくさんの動物を、タキスは闇に紛れて勝手に解放しようとしたのだが、その中にはその土地の事業家によってペット事業として育てられている珍しい動物もいたが――ダチョウ、ラマ、バク、そして犬よりも小さい子馬の群れさえ――島を自由に歩き回っていた。動物の所有者は新参者で、家族の家系をそれほど尊敬しておらず、彼の所有物や家畜に与えられた損害に非常に腹を立てた。彼の目には、タキスはチンピラの犯罪者で、隣の人が息子を弁護するために言ったりしたりできることは、それほど多くなかった。あなたの子供たちはあなた自身の非難からだけ免除されていることが直ぐにわかるでしょう、と彼は言った。世間が彼らを不十分だと思ったら、彼らを元に戻さなければなりません。でも、これはもちろん彼がいつもわかっていると思うことだった。というのは、今は七十代初めの彼の精神的障害のある兄は、自分が生まれたところを離れたことさえないからだった。

彼は本土に戻る前にもう一度泳ぎたいかと尋ね、この時は、私は二つの船が見えるところに留まって、湾の近くへと泳ぎ、そこでは赤ん坊の泣き声が高い岩にこだました。父親は赤ん坊の小さい体を肩にしっかりと置いてデッキをあちこち歩き、母親は本で自分を扇ぎ、一方、三人の子供たちは脚を組んで、母親の足元に座っていた。船には影を作るために薄い色の布と飾り布がかけられていて、そよ風が時々布を膨らませ、また戻したので、グループは、少しの間視界から隠れ、それからまたもう一度姿を現した。彼らは姿勢を保ち、赤ん坊が泣き止むのを、彼らを解き放つ瞬間を、そして世界がまた前に動くのを待っていることがわかった。湾の反対側で、隣の人はまっすぐな短い跡をつけて泳ぎ、直ぐに戻ってきたが、私は彼が小さい梯子を上って船に戻るのを眺めた。彼は肉付きのよい背中をタオルで拭きながら、少しゆっくりした足取りで遠くのデッキを動き回った。私から数フィート離れたところに、黒い鵜が岩に留まって、じっと海を見つめていた。赤ん坊が泣き止んで、家族は直ぐに動き始め、まるで宝石箱の上を回る小さいゼンマイ仕掛けの人の姿のように、限られた空間の中で姿勢を変えた。父親はかがんで子供を乳母車に乗せ、母親は立ち上がって、向きを変え、二人の少年たちと少女は脚をまっすぐにして、風車の形を作れるように手を合わせたが、彼らの体は陽の光の中で輝き、きらめいていた。私は一人で水の中にいて、急に怖くなり、船に戻ったが、そこでは、隣の人がものを片づけ、錨を引き上げる準備をして区画室を開いていた。私は多分疲れているだろうから、ベンチ席に横になり、彼が本土まで航行する間、眠ろうとしたらどうか、と彼は提案した。彼は体を覆う肩掛けのようなものをくれ、私はそれを頭の上まで引き上げたので、空も太陽も踊る水も見えなくなった。そしてこの時は、耳をつんざくようなエンジンの音の中を船がうねるように前に進んでいった時、私はある種の快適さを経験し、半ば眠りに入ろうとするのを感じた。時々、私は目を開き、目の丁度前の見慣れない布を見て、そしてそれからまた目を閉じるのだった。そして、私の体がやみくもに空間を運ばれるのを感じながら、私の人生のあらゆるものが粉々になり、まるで爆発がそれらを中心から違った方向へ飛ばしたかのように、その構成要素がバラバラになる感覚を覚えた。私は自分の子供たちのことを考え、彼らはこの瞬間どこにいるのだろうかと思った。船の上の家族のイメージ、宝石箱の上の明るい回転する円は、非常に機械的できっちりと固められていたが、それでいて非常に優美で、正確であり、それは私の目の裏側で回転した。私は海岸から家に戻る長々と続く曲がりくねった旅で両親の車の後ろの座席で半ば眠りながら横になっている子供の自分を驚くほどはっきりと思い出したが、海辺に私たちは夏の間よく一日がかりで車で行ったのだった。二つの場所の間には直通の道はなく、地図の上では教科書の中の静脈と毛細血管のもつれた説明図のような、田舎の小道の曲がりくねった網状のものしかなかったので、だいたい正しい方向であれば、どの道を行っても特に変わりはなかった。でも、父には好きな道があったが、それは他の道よりわずかに直通であるように彼には思われたからだった。それで、私たちはいつも同じ道を行き、あれこれ道を横切ったり、また横切ったり、私たちがすでに通ったか、決して見ないであろう場所への案内標識を通り過ぎたが、その旅に対する父の考えは、そうした見知らぬ村を通るのは間違ったように思われるほど、時を経て、打ち勝てない現実として確固としたものになっていたが、実際は、そんなことはまったく問題はなかったのだった。子供たちは、揺れる動きで眠く、むかつきながら、後ろの席に横になっていて、私は時々目を開けて、埃っぽい窓の向こうを夏の風景が通り過ぎていくのを見たが、それは一年のその時期には非常に豊かで、熟していたので、それが破綻して、冬になるのは不可能のように思われた。

船の驀進する動きがゆっくりとし始め、モーターの音が次第に弱まって消えた。私がきちんと座ると、隣の人は、私が少しは休めたかどうか、礼儀正しく尋ねた。私たちはマリーナに近づいていて、たくさんの白い小舟が青い背景を背にして驚かせ、暑さの中でその向こうのとりとめもない茶色い道の風景は、そのすべてが陽の光の中で上下に止められず動いているように見えたが、実際、動いているのは私たちの方だった。もしおなかがすいているなら、スーブラキを作る自分の知っているところがすぐ向こうにあります、と隣の人が言った。スーブラキを食べたことがありますか？　それは素朴ですが、とても美味しいでしょう。彼が船を停泊させ、必要な処置をする間、私が我慢していれば、私たちは間もなく食事ができるだろう。そしてその後、彼がアテネまで車で送ってくれるだろう。

V

夕方、私は昔の友達のパニオティスと街の中心のレストランで会うことになっていた。彼は道順を教えるために電話をかけてきて、誰か他の人——私が聞いたことがあるかもしれない女性の小説家——が多分同席するだろう、とも言った。彼女は非常にしつこかったという。彼は私が気にしなければよいが、と言った。彼女は彼が怒らせることを気にするような人ではなかった。僕はアテネに長く居すぎた、と彼は言った。彼は非常に注意深く二度道順を説明した。彼は会合に拘束されていて、そうでなければ、彼自身が私を迎えに行くだろう、と言った。彼は私が自分だけで苦労して行かせたくはないけれど、道順を十分はっきりさせたならよいのだが、と言った。彼に言われたように信号を数えて、六番目と七番目の間を右に曲がれば、私は間違えることはないだろう。

夕方、太陽はもう頭上にはなく、大気は時がじっと止まってしまったように思われる粘着性のようなものを生じていて、街の迷路は、もう光と影で二分されず、午後のそよ風に揺り動かされることもなく、夢のようなものの中に一時停止しているように思われ、異常に青白い、湿って重苦しい雰囲気の中に停止していた。ある時点で、闇が降りたが、その他の点では夕暮れは奇妙に進む感覚がなかった。涼しくも、静かにも、人がいなくなりもしなかった。話し声と笑い声のどよめきが、レストランのギラギラ光るテラスから聞こえてきて、車は群れをなして動き、光の川が警笛を鳴らし、小さい子供たちが胆汁色の街灯の下の歩道を自転車で走っていた。暗かったけれども、永遠の日中のようで、鳩はまだネオンに照らされた広場を音を立てて歩き、通りの角のキオスクは開いていて、ケーキ屋の周りにはペーストリーの匂いが疲れ切ったような大気にまだ漂っていた。パニオティスのレストランでは、厚いツイードのスーツを着た太った男が、隅のテーブルに一人で座り、一切れのピンクのスイカをナイフとフォークで優美に小片に切り、それを注意深く口に入れていた。私は斜めのガラスが差し込まれた暗い鏡板パネルをはめた内部を眺めながら、待っていたが、そこにはたくさんの空いているテーブルと椅子がいろいろと反射していた。そこは高級な店ではない、とパニオティスが来た時認めた。間もなく私たちに加わるアンジリキはきっと不愉快になるだろうが、少なくとも、ここでは話すことができ、邪魔をするような、知っている人に会う可能性は確かになかった。私は彼の感じていることを共有しないだろうが――彼は私がそうでないことを本当に望んだ――だが、彼はもう社交的におしゃべりすることに興味がなかった。実際、ますます彼は他の人にまったく当惑するようになった。面白い人は島のようで、通りやパーティーで偶然に会うことはないよ、と彼は言った。

彼は私に抱擁できるように立ってほしいと頼み、私がテーブルの後ろから出てくると、彼は私の目をじっと見た。僕たちが最後に会ってからどのくらい経つか思い出そうとしているんだ、と彼は言った。君は覚えている？　三年以上前に違いないわ、と私は言い、私が話している時に彼は頷いた。私たちはアールス・コートのレストランでイギリスの基準では暑い日に昼食を共にしたのだったが、何らかの理由で、私の子供たちと夫も来た。私たちはどこか他のところに行く途中だった。書籍の見本市のためにロンドンに来たパニオティスに会うために、私たちは立ち寄ったのだった。僕は自分の人生が失敗だったと感じながら、昼食の席を離れたのだよ、と彼は言った。君は家族と一緒で幸せそうだった。この上もなく。それは物事はこうあるべきであるというイメージだった。

私たちが抱き合うと、彼の体は非常に軽く、もろかった。彼は着古したライラック色のシャツと折り返して体から下がっているジーンズを身に着けていた。彼は後ろに下がって、私をまたじっと見た。パニオティスの顔にはどこか漫画の人物のようなところがある。顔のすべてが誇張され、頬は非常に痩せて、額はとても高く、眉毛は感嘆符のようで、髪はあらゆる方向になびいているので、パニオティス自身ではなく、パニオティスの挿絵を見ているような奇妙な感じがする。くつろいでいる時でさえ、彼は何か途方もないことを言われたか、扉を開けてその背後にあるものに非常に驚いた人のような表情をしている。驚きのために大口を開けたような表情の中の彼の目はとても動き、変わりやすく、まるである日見たものへの驚きで顔からまったく飛び出してしまうかのように、しばしば劇的に前に突き出る。

そして今、何かが起こったことはわかるし、そんなことは予想していなかったと言わなきゃならない。僕にはまったくわからない、と彼は言った。あの日レストランで、僕は家族と一緒の君の写真を撮った――覚えている？　と彼は言った。ええ、覚えているわ、と私は言った。私は写真を撮った。私は写真を見せないでほしい、言った。そうしてほしくないなら、と彼は言った。でももちろん、僕は写真を持ってきたんだ。ここの書類鞄の中にあるよ。彼が写真を撮ったことは、実際あの日から、私の心の中で際立ったことだった、と私は彼に言った。それは普通ではないこと、少なくとも私自身はしないことだと思ったのを覚えていた。彼は何かを観察し、一方、私は明らかにそれに没頭していたという点で、それは明らかに彼と私の立場の違いを示していた。後で考えてみると、それは私には予言的に思われる瞬間の一つだった。私は実際没頭していたので、登山者が足場を失って峡谷に落ちるのに山は気づかないように、パニオティスが彼の人生は失敗だったと感じながら、私たちの出会いから立ち去ったことに、私は気づかなかった。時々、人生は気づかないことのこのような瞬間に対する一連の罰のように、人は気づかない、あるいは思いやりを感じないことによって自分自身の運命をこしらえ上げるように、知らないこと、そして理解しようと努力しないことを、まさに無理に知らされることになるように私には思われる、と私は言った。私が話している間、パニオティスはますます仰天したように見えた。それはカトリック教徒だけが思いつく恐ろしい考えだね、と彼は言った。それでも、そんなに愉快に残酷な方法で罰せられるのを僕が見たい人はそれほど多くはないとは言えないけれど。でも、そういう人はきっと死ぬまで苦しみによって教化されないままの人だ。彼らは確信しているのだ、と彼はメニューを取り上げ、指を上げてウエイターの方を向いて言ったが、ウエイターは白い長いエプロンをつけた非常に大柄な白髪交じりの顎髭を生やした男で、私が彼に気づかなかったほとんど空の部屋の隅にまったく静止して身を置いていた。彼はやって来て、力強い腕を胸のところで組んで私たちのテーブルの前に立ち、パニオティスが早口で彼に話す間、頷いていた。

　ロンドンでのあの日、とパニオティスは元に戻って私の方を向き、また話をし始めた。出版社の僕の小さい夢はただの夢の、空想のままであるように定められていることに、僕は気づき、実際、気づいたことで僕が感じたのは、その状況に対する失望というよりも、空想自体に対する驚きだった。五十一歳で、まったく無邪気に、完全に実現できない希望を僕は抱くことがまだできるということは信じがたいように思われたんだ。自己欺瞞の人間の能力は明らかに無限だ――そしてもしそうならば、完全な悲観主義の状態にいることによって以外には、もう一度自分を騙していることにどうして気づくことができるだろうか？　この悲劇的な国で全人生を生きてきて、もう自分を騙すことができるものは何もないと思っていたが、君が悲しく指摘したように、人を欺くのは、まさに気づかないもの、当たり前だと思っているものなのだ。そして、それがもうそこになくなるまで、何かを当たり前だと思ってきたことにどうして気づくことができるだろう？

ウエイターはいくつか料理を持って、私たちのそばに現れ、パニオティスは最後に当惑した身振りをして話を止め、ウエイターがテーブルにものを載せられるように後ろに体を傾けた。薄い黄色いワインのカラフと、苦そうに見えるが甘くて美味しい茎のついた小さい緑のオリーブの皿、そして、黒い殻つきの冷たく美味しそうなイガイの皿があった。僕たちを元気づけるために、アンジェリキの到着のために、とパニオティスが言った。彼女の小説の一つがヨーロッパのどこかで何か賞を受賞したので、アンジェリキはとても有名になったことがわかるだろう、そして、今や彼女は――少なくとも彼女は自分自身をそうだと考えているのだが――文学的な有名人だと考えられている、と彼は言った。彼女の苦しみは――それが何であれ――終わり、彼女はギリシャだけでなく彼女の仕事に興味を示した他の地域でも、一般的に言って苦しむ女性の代弁者のような人になったのだ。来てほしいと頼まれたところにはどこへでも、彼女は行く。その小説は芸術家の生活が家庭的な取り決めによってだんだん抑制される女性の画家に関するものだ、と彼は言った。彼女の夫は外交官で、家族はいつも住んでいるところを離れ、新しいところに移るので、女性の画家は自分自身の仕事を単なる装飾的なもの、気晴らしに過ぎないと感じ始めるが、一方、夫の仕事は彼だけでなく世間から重要なもので、単に重要な出来事を論評するというより、そうした出来事を案出し、二人の間で対立がある場合――これはアンジェリキの小説なので、対立はよくあるのだが――彼の必要とすることが彼女の必要とすることに勝つ。そして結局、彼女の仕事は機械的な見せかけのものになり、情熱はないが、それでも、彼女の自己表現の欲望は残る。家族が今住んでいるベルリンで彼女は若い男、画家に出会うが、彼は彼女の絵を描くことに対する、他のあらゆることに対する情熱に再び火をつける――だが、今や問題は彼女がこの若い男にとっては年を取り過ぎていると感じることで、また彼女はみじめにも罪悪感を、特に子供たちに対して感じ、子供たちは何かおかしいと感じ、心を乱し始めた。特に彼女は、自分をこの状況に置いたために、第一に彼女の情熱を失わせ、その結果に対する責任をまったく彼女に負わせたために、夫に対して憤りを感じた。そして、若い画家は、彼の徹夜のパーティーや気晴らしの薬物や経験が彼女の女性の体に残した痕跡に対する驚きで、また彼女に年を取っていることを感じさせた。彼女が話しかけられる人は誰もおらず、誰にも彼女は話せない――なんて孤独なところなのだろう、とパニオティスはニヤニヤ笑う。ところで、それが題名なのだ、『孤独なところ』というのが。僕のアンジェリキとの議論は、まるでこの二つが互いに取り換え可能なように、彼女がものを書くことを絵を描くことに置き換えたことに関するものだ。この本は明らかに彼女自身についてだけれど、彼女は絵を描くことについては何も知らないんだ、と彼は言った。僕の経験では、画家は作家よりずっと月並みではない。作家は、ノミが動物の毛に隠れる必要があるように、ブルジョアの生活に隠れる必要がある。深く隠されれば隠されるほどよい。革のジャケットを着た若い筋肉質の中性的な男とのセックスを空想しながら、最新技術を完備したドイツの台所で子供たちの昼食の弁当を作っている彼女の画家を僕は信用しない、と彼は言った。

ロンドンで彼の出版社への自信を失わせたものは何か、と私は彼に尋ねた。彼は出版社を始めたばかりで、それはその後間もなく――私は耳にしたのだが――大きな会社に引き継がれたので、パニオティスは今は彼自身の会社の取締役ではなく、会社の一編集者だった。イギリス的なものに対する僕の尊敬は報いられなかった、と彼は沈黙の後で、悲しそうな表情を目にあふれさせ、目をぎょろぎょろさせながら、言った。それは状況がここで難しくなり始めた時だったが、その時はどれほど悪くなるか誰にも推測できなかった、と彼は続けた。その出版社はもっぱらギリシャでは聞いたこともない英語の著者、商業的な出版社は扱わない作家たちを翻訳して、出版することに充てられるはずだった。パニオティスは彼らの作品を非常に素晴らしいと思い、彼の同胞が手にすることができるようにする決心をしたのだった。だが、ある特定の時点で、経費を節約するために、その本の多くを自分自身で翻訳した著者たちに彼は前払いできなかった。ロンドンで、厳密に言ってまだ実際は得ていない金を支払わないことに対して、彼は作家たちさえからも激しく非難されていることに気づいた。彼は誰からもひどく軽蔑され、法的措置に訴えると脅され、もっともひどかったのは、彼が我々の時代の芸術家として敬愛した作家たちは、実際は自己昇進と何にもまして金に身を委ねる、冷たい、共感のない人々であったという印象を持って、彼はイギリスを去ったことだった。彼は無理に金を払えば、出版社は始まる前に倒産してしまうことを彼らにすべてはっきりさせたが、実際起こったことは倒産であった。この同じ作家たちは彼が今働いている会社からいつも拒絶されるが、彼らはベストセラーになることだけに興味を持っている。それで、物事を向上させることは不可能であり、そのことに対して良い人は悪い人と同様に責任があり、向上そのものが多分アンジェリキの孤独なところと同じような孤独な単なる個人的な空想に過ぎないことを僕は学んだ、と彼は言った。一つのイガイを殻から震える指で取り出して口に入れながら、僕たちはみんなそれに、向上の話に、僕たちのとても深い現実感に影響を与えるほど、熱中しているのだ、と彼は言った。それは小説にさえ影響を与えるが、多分今はまた小説が僕たちに影響を与えているのだろう。だから、僕たちは本に期待するようになったものを僕たちの生活に期待する。でも、この人生を進歩として捉える感覚を、僕はもう欲しくない。

彼の結婚では、家や財産や車を手に入れ、より高い社会的地位に対する意欲を持ち、もっと旅をし、より広い交際範囲を持つことで、進歩の原則はいつも働いていたことに、彼は今気づいた。子供を作ることさえ、夢中になっている旅での義務的な強い希望のように感じられた。加えたり、向上させたりするものがもうなくなり、達成する目標や切り抜ける段階がもうなくなってしまうと、旅は役割を果たし終えたように思われるのは避けられない、と彼は今気づいた。そして、彼と妻は無意味さの感覚に、何か病弊のような感じにつきまとわれたが、それは実際は、長い海の生活の後で船員が乾いた土地を歩く時に経験するような、活動をし過ぎた生活の後の静止の感覚に過ぎなかったが、それは彼ら両方にもう愛してはいないということを示した。もしその時、僕たちが仲直りして、僕たちは愛し合ってはいないが、それでもお互いに傷つけ合うつもりのない二人の人間だという正直な主張から始めようとしさえすれば。まあ、もしそうだったなら、僕たちは本当にお互いを愛し、自分たちも愛することを学んだかもしれない。でもそうではなく、僕たちは向上するもう一つの機会だと思い、また旅が広がっていると思ったのだが、今度は破壊や戦いを乗り越える旅で、それに対して丁度いつもと同じように僕たちはたくさんのエネルギーと才能を示したのだった。

最近、僕は質素な生活をしている、と彼が言った。朝、日の出に、アテネから二十分かかる僕の知っているところに車で行き、はるばる湾を横切って泳ぎ、またはるばる戻ってくるのだ。夕方には、バルコニーに座って、書く。彼は少しの間目を閉じ、微笑んだ。私が何を書いているのか尋ねると、彼はもっと微笑んだ。僕は僕の子供時代について書いているのだ、と彼は言った。僕は子供の頃とても幸せだった。そして、あらゆる細かいことを一つずつ思い出したいほどのものは何もないことに少し前に気づいたのだ、と彼は続けた。幸福が存在していた世界は僕自身の人生からだけでなく、全体から見てギリシャから完全に消えてしまった。というのは、知っているかどうかわからないが、ギリシャはひざまずいて、ゆっくりとひどく苦しく死んでいくからだ。僕の場合は、僕に苦しみ方を教えられなければならないことを示唆したのは、まさに子供時代の幸せだったのだろうかと時々思う。僕には苦しみがどこから、どのようにして来るかを理解するのが非常に遅かったように思われる。それを避けるのを学ぶのに長いことかかった。先日、新聞で、肉体的な危険を無理に彼に求めさせる奇妙な精神障害があり、だから、可能なところはどこであれ傷を負う少年についての記事を読んだ、と彼は言った。その少年は絶えず火に手を入れ、塀から身を投げ出し、落ちるために木に登っている。彼は体のほとんどすべての骨を折り、もちろん、切り傷や打撲で埋めつくされている。そして、新聞記者が彼の気の毒な両親にこの状況に対する意見を求めた。問題は、彼には恐怖心がないことです、と彼らは言った。でも、僕にはまさにその反対が本当であるように思われるのだ。彼はあまりにも恐怖心があるので、それがひとりでに起こらないように、彼が恐れていることを演じようとする思いに駆られるのだ。もし僕が子供の頃、苦しみに関して何が可能か知っていたら、まったく同じような反応をしたかもしれない。『オデッセイ』の中で、非常に幸せだったので、降りてくるのに梯子を使わなければならないことを忘れてキルケの家の屋根から落ちる、オデッセウスの乗組員仲間のエルピーノーの性格を君は覚えているかもしれない、と彼は言った。後で、オデッセウスが、黄泉の国で彼に会い、一体全体どうしてそんな愚かな死に方をしたのか、と尋ねる。パニオティスは微笑んだ。僕はそれをいつも魅力的な細部だと思うのだ。

明らかにアンジェリキだと思われる女性が――他に食事をしている人はいなかったし、他に誰もずっとレストランには入ってこなかったので――入ってきて、ウエイターに非常に精力的に質問し、説明のつかない長さの会話が続いた。もちろんその間に彼ら二人は外に出て、それからすぐまた戻ってきて、それから会話は前よりも精力的に続き、女性の黄褐色のきれいに切られた髪が、彼女の頭の速い動きで揺れ、彼女の美しい灰色のドレスが——軽くて薄い絹の素材で作られた——足踏みする子馬のように、イライラして片足からもう一方の足に重心を移すと渦巻いた。彼女は銀色の革の目立つハイヒールのサンダルを履き、よく釣り合ったバッグを持っていたが、もしぐるりと向きを変えて、ウエイターの指し示す腕の方向を見た時——そしてその先に私たちのテーブルを見た時——それを見ている人が彼女のために不安を感じるほど、並外れて不安な顔つきをしなければ、彼女は絵のように優美に見えただろう。パニオティスが予想したように、アンジェリキはレストランの彼の選択を残念に思った。彼女はそもそもここがそうだと気づかず、パニオティスが選んだ場所への行き方を尋ねるためにここに入ってきたが、ウエイターは彼女を納得させるために外に彼女を連れて行き、看板を見せなければならなかった、と彼女は言った。そしてその時でさえ、もっと適切なところが近くで同じ名前で営業しているに違いないと、彼女は確信していた。でも、僕は特に君のためにここを選んだのだ、とパニオティスは目を丸くしながら言った。アンジェリキ、コック長は君の故郷の人で、君の好きなバルカン半島の料理がみんなメニューに載っているよ。アンジェリキは、マニキュアをした手を私の腕に置き、彼を許してやってください、と言った。それから、彼女はギリシャ語で早口でパニオティスに抗議し、激しい非難は、彼が中座して、トイレの方に消えて終わった。

ここにもっと早く来られなくて申し訳ありません、とアンジェリキは息を切らせて続けた。私はレセプションに出席し、それから家に帰って、息子を寝かせなければなりませんでした――私の本に関する旅行をしているので、私は最近息子にあまり会っていません。私が尋ねる前に、彼女はそれはポーランドの旅で、主にワルシャワだが、他の街も訪れた、と彼女は付け加えた。彼女は私にポーランドに行ったことがあるかと尋ね、私がないと言うと、彼女は少し悲しそうに頷いた。そこの出版社はたくさんの作家を招待する金銭的余裕がなく、そこで彼らはここの人々とは違った風に作家を必要としているので、残念なことだ、と彼女は言った。ここ一年私は初めてあるいは自分の権利で初めて、たくさんのところを訪れましたが、ポーランドが私の心を一番動かした旅でした。何故なら、私の本は単なる中流階級の娯楽ではなく、人々にとって、――主に日常生活において非常に孤独な女性にとって――極めて重要な、多くの場合命綱であることを、それは私に気づかせてくれたからでした。

アンジェリキはカラフを取り上げ、憂鬱そうに茶さじ一杯のワインを自分に注ぎ、それから私のグラスをほとんど縁まで満たした。

「私の夫は外交官です」と彼女は言った。「それで、私たちは明らかに彼の仕事のために、たくさん旅をしてきました。でも、自分の仕事のために旅することは、そして独立して旅することはまったく違うように感じられます。よく知っているところでさえ、私は時々恐れを感じてきたことを認めます。そしてポーランドではひどく不安でした。というのも、私のわかることは——言葉も含めて——ほんの少ししかなかったからでした。でも最初は、不安だったのは、私が一人でいることに慣れていないという明らかな事実によるものでもありました。例えば」と彼女は続けた。「私たちはベルリンで六年間暮らしてきましたが、作家としてそこに一人で行くことさえ何故か異質に思われたのです。それは一つには、私は街の新しい面を——以前はまったくその外にいた文学的文化——を見ていたからでした——また一つには夫がおらずそこにいることは、まったく新しいやり方で、自分が実際どのような人なのかを私に感じさせてくれたからです」

結婚において、本当の自分を知ることは、あるいは実際、自分が何であるかと他の人を通してなった自分を分けることは不可能である、と自信を持って言えない、と私は答えた。「本物」の自分という考え全体が幻覚であるかもしれない、と私は思った。言い換えると、自分の中に何か単独の独立した自己があるかのようだが、その自己は多分実際には存在しないだろう。私の母はかつて必死になって私たちに学校に向かうために家を出させようとしたが、私たちが行ってしまうと、自分をどうしてよいかわからず、私たちが帰ってくることを願ったことを認めた、と私は言った。そして、子供たちが大人になった今でさえ、彼女はまだ私たちが訪問を終えて、私たちみんなが自分の家に戻るように強制的にさせた。まるで私たちが留まっていると、何か恐ろしいことが起こるかのように。それでも、私たちが行ってしまった後に、同じ喪失感を感じると私は確信しているし、彼女は何を探しているのか、何故彼女はそれを探すために私たちを追い出すのだろうかと思った。アンジェリキは優雅な銀のバッグの中を探し始め、間もなく、メモ用紙と鉛筆を取り出した。

「すみません」と彼女は言った。「そのことを書き留めておく必要があります」彼女はしばらくの間座って書き、それから目を上げて「二番目の部分をもう一度言っていただけませんか?」と言った。

彼女のメモ用紙は、彼女の外見の他の部分と同じように、非常に整然としていて、ページには真っすぐな行できちんと書かれていた。彼女の鉛筆も銀でできており、引き込み式の芯がついていて、彼女はそれをしっかりとねじって閉じてケースに戻した。彼女は終わると、「私はポーランドでの反応にひどく驚いた、本当にとても驚いたことを認めなければなりません。ご存じのように、ポーランドの女性は非常に政治に興味を持っていると思います。私の聴衆の九十パーセントが女性でした」と彼女は言った。「そして、彼女たちは非常にはっきりものを言うのです。もちろん、ギリシャの女性もはっきりものを言いますが――」

「でも、ギリシャの女性は着こなしが上手だよ」とすでに戻ったパニオティスが言った。

驚いたことに、アンジェリキはこの不意の言葉を真剣に受け取った。

「そうです」と彼女は言った。「ギリシャの女性は美しくしていたいのです。でも、ポーランドでは、それは不都合なことだと思いました。そこの女性たちは青白く、真剣です。広い、平たい冷静な顔をしていますが、肌は多分天候のために荒れていて、彼女たちの食事はひどいものです。そして、歯は」と彼女は少し顔をしかめながら付け加えた。「よくありません。でも、まるで彼女たちは注意をそらしたことが、自分自身の生活の現実から決して注意をそらしたことがないように、私が羨ましく思うほど真剣でした。私はワルシャワで女性のジャーナリストとたくさん時間を過ごしました」と彼女は続けた。「私と同じくらいの年で、母親でもありましたが、とても痩せていて、生気がなく、厳しいので、彼女が女性であると考えるのがまったく難しい、と私は思いました。彼女は真っすぐなネズミ色の髪を背中まで垂らし、顔は氷河のように白く骨ばっていて、大きな労働者のジーンズと不格好な靴を履いていましたが、つららのように、明晰で鋭く美しい人でした。彼女と夫はきっちり六か月ごとに、一人が働き、もう一人が子供の世話をするのを交代でしていました。時々、夫は不平を言いましたが、これまでは取り決めを受け入れてきました。でも、彼女はよくそうするのですが、仕事で家にいない時、子供たちは彼女の写真を枕の下に置いて眠るのだ、と彼女は誇らしげに認めました。私は笑いました」とアンジェリキは言い、「そして、きっと私の息子は枕の下に私の写真を置いて寝ているところを見つかるより死んだ方がよいと考えると思う、と彼女に言いました。そして、オルガは変な顔をしたので、私は子供たちさえ男女の主権争いの皮肉に染まっているのだろうかと、急に思いました」

アンジェリキの顔には優しさ、ほとんど霧に包まれたようなところがあったが、それは魅力的であるがまた心配でやつれたように見える理由でもあった。その優しさに何でも感動を残すことができるように思われた。彼女は子供のような小さい上品な目鼻立ちをしていたけれど、彼女の肌はまるで心配によるかのように皺が寄っていたが、そのために思い通りにできない可愛い小さい少女のように、彼女は不機嫌で無邪気なように見えた。

「このジャーナリストと話していると」と彼女は続けた。「彼女の名前は前に述べたようにオルガなのですが、私の全存在は——私のフェミニズムさえ——妥協ではないかと思いました。私は真剣さが欠けていると感じました。私の書いたものさえある種の趣味として扱われてきました。私はこれまで、彼女のようになる勇気を持っていたのだろうか、と思いました。というのは、彼女の人生にはほんの少しの喜び、ほんの少しの美しかないので——世界のその部分の現実の醜さは驚くべきです——同じような状況のもとでは、私には気を遣うエネルギーがあるかどうか確かではありませんでしたから。だから、私の朗読会に出席した女性の数に驚いたのです——まるで私の作品は私にとってよりも、彼女たちにとって重要であるかのように思われたのです。

ウエイターが注文を取るために戻ってきたが、アンジェリキが順番にメニューのそれぞれの料理について話し合い、リストの下に下がる時にたくさんの質問をして、ウエイターは少しもイライラせずに重々しく、時には長々と答えたので、注文は長時間にわたる作業だった。パニオティスは彼女のそばに座り、目をグルグル回して、時々二人に不満を言ったが、それで作業はさらに長くなるだけだった。やっと注文が終わったようで、ウエイターは重々しく、ゆっくりと下がっていったが、それからアンジェリキは、明らかに少し考え直して、少し息を吸い込み、指を立てて、彼を呼び戻した。ウエイターが二度目に去り、マホガニーのよろい張りした扉を通って消えると、ベルリンからギリシャに戻ると、体調がすぐれなかったので、彼女の医者が特別な食事を取るようにさせたのだ、と彼女は私に言った。彼女は異常なひどい倦怠感に苦しめられ——わざわざ認めることもないのだが——悲しみによって、それは何年にもわたる外国生活のためのだんだん増していく肉体的、精神的な極度の疲労だと彼女は思い、多かれ少なかれ何もできなくなって、六か月をベッドで過ごした。その間、夫と息子は彼女が思っていたよりも彼女なしで何とかうまくやっていくことができたことに気づいたので、彼女がまた起きられ、普通の生活に戻った時、家庭での彼女の役割は少なくなったことがわかった、と彼女は言った。夫と息子は家の彼女の仕事だったことの多くをするか――あるいはしないでそのままにしておくことに慣れてきていた、と彼女は言った――そして実際、彼らは自分たちの新しい習慣を身につけたが、その多くを彼女は嫌いだった。でも、その時彼女には選択肢が与えられ、もし彼女が以前の自己認識から逃れたいのなら、その時が彼女のチャンスであることに気づいた。何人かの女性にとっては、自分たちが必要とされないことに気づくことは最大の恐怖の認識であるだろうが、彼女にとっては逆の効果があった、と彼女は言った。彼女もまた病気になったために、自分の人生を、そしてその中にいる人々をもっと客観的に見ることができるようになった。彼女は思っていたようにそれほど、彼らに、特に息子に束縛されていないことに気づいた。息子のために、彼女はいつも、生まれた瞬間から、彼が特別に繊細で傷つきやすいと思ったので――彼女は今気がついたのだが――彼を一瞬でも一人にしておかれないほど、非常に心を奪われていた。病んだ後に世間に戻って、息子は彼女にとってまったく知らない人でないとしても、彼女に細い糸で痛ましく結び付けられてはいないように思われた。もちろん、彼女は彼を愛していたが、彼と彼の人生を彼女が完璧なものに変える必要があるとはもう思わなかった。

「多くの女性にとって」と彼女は言った。「子供を持つことは創造力の最も重要な経験ですが、子供は創造されたもののままでいることはないでしょう」と彼女は言った。「もし母親の自己犠牲が完全のものでなければですが、私の場合は決してそんなことはなく、最近はどの母親もそうあるべきではありません。私の母親はまったく無批判なやり方で私のために生きていました」と彼女は言った。「そしてその結果、私は生きる準備が整わずに大人になったのです。というのは、誰も、彼女がしたように、私がそう見られることに慣れていたように、私を重要視しなかったからです。そしてそれから、結婚してもいいほど重要だと思う男性に会い、それで結婚に同意するのが正しいように思われるのです。でも、赤ん坊を持つと、あの重要性の感覚が本当に戻ってきます」と彼女はますます情熱的に言った。「ただ、ある日、そのすべてが——家も夫も子供も——まったく重要ではなくなり、実際、その正反対になるのです。自分は抹殺された奴隷になってしまうのです！　彼女は顔を上げ、両手をテーブルの表面の銀食器の間に広げて置いて、劇的に話を中断した。「唯一の希望は」と彼女は前よりも静かに続けた。「自分の自我が生き生きとしているために十分に実体を持つほど自分の心の中で夫と子供を重要にすることです。でも実際」と彼女は言った。「シモーヌ・ド・ボーボワールが述べているように、そのような女性は寄生虫、夫の寄生虫、子供の寄生虫に過ぎないのです」

「ベルリンでは」と彼女はしばらくしてから続けた。「私の息子は大使館が授業料を払ってくれる学費の高い私立の大学に通っていましたが、そこで、私たちは多数の金持ちで有力な親戚のいる人々に会いました。女性たちは私の人生でそれまで知らなかった種類の人々でした。彼女たちのほとんどすべてが専門職――医者や弁護士や会計士――を持ち、彼女たちのほとんどが、それぞれ、たくさんの、五、六人の子供を持って、子供たちの生活を驚くほど勤勉に精力的に監督し、彼女たちのほとんどがすでに持っている骨の折れる職業に加えて、成功した企業のように家庭を管理していました。それだけではなく、こうした女性たちはこの上もなく洗練されていて、上手に盛装していました。彼女たちは毎日ジムに行き、慈善のためにマラソンを走り、グレーハウンドのようにしなやかで筋骨逞しく、いつも高価で優雅な服を着ていましたが、彼女たちのがっしりとした筋肉質の体はしばしば奇妙に中性的でした。彼女たちは教会に行き、学校の祭りのためにケーキを焼き、討論会を統括し、六つのコースが出されるディナー・パーティーを行い、最近の小説をすべて読み、コンサートに出席し、週末にはテニスやバレーボールをしました。このような女性は一人で十分でしょうが、と彼女は言った。「でも、ベルリンではこのような女性にたくさん会ったのです。そして、おかしなことは、彼女たちの名前や彼女たちの夫の名前も思い出せないのです」と彼女は言った。「実際、私の息子と同じくらいの年の男の子の顔以外は、彼女たちの顔はどれ一つ、彼女たちの家族のどの顔も思い出せないのです。その少年はひどい身体障害者で、彼の頭が――そうしなければ、胸にまで落ちてきてしまうと思われるのですが――いつも支えられているように、顎を載せる棚の付いたエンジン付きのカートのようなもので移動していました」彼女はもう一度目の前に少年の顔を見たかのように、困った顔で話を中断した。「私は彼の母親が」と彼女は続けた。「自分の運命についてて不満を言ったことを覚えていません。それどころか、彼女がしなければならないすべての他のことに加えて、彼女は彼の状態を支える慈善の疲れを知らない基金募集係でした」

「時々」と彼女は言った。「ベルリンから帰った時に感じたひどい疲労感は、実際、こうした女性たちの集合的な疲労感で、彼女たちが感じるのを拒否したために、私に移されたのではないかと思います。彼女たちが走っているのをいつも見たように思われます。彼女たちはどこでも、働いてまた戻ってくるために、スーパーマーケットへ、集団で公園の中を走りました――まるでじっと立っているかのようにらくらくと一緒に話し――そして信号で止まらなければならない場合は、信号が変わり、また進むことができるまで、ひどく大きな靴を履いて、その場で走り続けていたのです。その他の時は、彼女たちはゴム底のかかとの低い、この上もなく実用的で、この上もなく醜い靴を履いていました。彼女たちの靴は彼女たちに関して優雅でない唯一のものでした」と彼女は言った。「でも、靴は彼女たちの性質の謎の鍵である、と私は感じました。というのは、それらは虚栄心のない女性の靴だったからでした」

「私自身は――」と彼女はテーブルの下から銀のサンダルを履いた足を伸ばして、続けた。「ギリシャに戻ってきた時、上品な靴を履いていたために虚弱になったのです。多分それは、私がじっと立っていることの長所に気づき始めたからでしょう。そして、私の小説の主人公にとってはそのような靴は禁じられたものを表しています。それは彼女が決して履かないようなものです。さらに、そのような靴を履いている女性を見ると、彼女は悲しくなります。彼女は今までそれはそのような女性を哀れだと思ったからだ、と信じてきましたが、実際は、そのことを正直に考えてみると、それは、彼女は靴が表す女性の概念から疎外され、剥奪されていると感じるからなのです。彼女はまるで自分がまったく女性ではないとほとんど感じるのです。でも、彼女が女性でないのなら、彼女は何なのでしょうか？　彼女は創作上の危機でもある女性であることの危機を経験していますが、彼女はこの二つは相互に排他的で、一方は他方の資格を奪うと信じているので、いつもそれらを分けようとします。彼女はアパートの窓から公園を走る、いつも走る女性たちを眺め、彼女たちは何かに向かって、あるいはそれから離れるために走っているのだろうか、と自問します。もし彼女が十分に長い間眺めれば、彼女たちはただ堂々巡りして走っていることに気づくでしょう」

とても大きな盆を持って、ウエイターが近づいてきた。彼は次々と料理を下ろし、テーブルに置いた。料理を注文するのにあんなに手間をかけたのに、アンジェリキはそれぞれにスプーンを入れる時に額に皺を寄せながら、ほんの小量しか取らなかった。パニオティスは選んだものを私の皿に並べて、それがどういうものか説明した。このレストランに最後に来たのは娘がアメリカに出発する晩で、その時も同じようにアテネに多すぎるほどいる知り合いに邪魔されたくなかった。料理を分け合いながら、彼らはこうした料理の多くが生まれたテサロニキの北の沿岸でかつて過ごした休暇について思い出話をした、と彼は言った。彼はスプーンを取り上げ、アンジェリキにもう少し取らないかと尋ねたが、彼女は忍耐強く誘惑を拒否する聖人のように、半ば目を閉じて、答えとして頭を傾けた。それから君もあまり食べないね、と彼は私に言った。私は昼食にスーブラキを食べたと説明した。パニオティスは顔をしかめ、アンジェリキは鼻に皺を寄せた。

「スーブラキはとても脂っこいわ」と彼女は言った。「彼らがものぐさである他に」と彼女は付け加えた。「それがギリシャ人がとても太っている理由です」

私はパニオティスに娘さんと北に旅行したのはどのくらい前かと尋ね、彼は彼と妻が離婚した後間もなくだった、と言った。実際、子供たちをどこかへ自分だけで連れて行ったのはそれが初めてだった。アテネから出て丘に入り、車の中で、まるで子供の誘拐をしているかのようなひどい気分になって、バックミラーの中の子供たちをちらちら見続けたことを覚えていた。彼は彼らが今すぐにでも彼の犯罪に気づいて、直ぐにアテネに、母親のところに戻ることを要求するだろうと思ったが、彼らはそんなことはしなかった。実際、彼らは長い旅の間ずっと、その状況について何も言わなかったが、パニオティスは、信頼し、知っているあらゆるものから、親しいあらゆるものから、とりわけ、今はもう当然存在しない妻と一緒に築いた家庭の安全から自分がどんどん離れていくのを感じた。それでも、丁度時々人々は愛する者が亡くなったところから離れることが耐えられないように、喪失のこの場所から地理的に離れることは耐えがたく感じられた。

「僕は子供たちが家に帰ろうと言うのを待ち続けたんだ」と彼は言った。「でも、家に帰りたかったのは僕だったのだ。子供たちに関する限り、彼らは僕と一緒にいたので、少なくともある程度は家にいることに、車の中で僕は気づいたのだ」

それは、とても寂しい悟りだった、と彼は言った。夜の間旅を中断して泊まることになっているホテルに着いても助けにはならなかった。それは、みすぼらしい風に吹きさらされた海辺の町のとてもひどいところで、町には団地が半ば作られ、それから中止されたので、あらゆるところに、砂とコンクリートの巨大な堆積やコンクリートブロックの大きな山や、仕事の途中で放置されたように見えるたくさんの機械があり、半ば上げられた土を掘るシャベルのついた道具や荷運び台が広げられた先の尖った道具にまだつるされたフォークリフト車があり、泥の中で溺れた有史以前の怪物のように、すべてが元の場所で固定されていて、一方、建物自体は、まだ新しいタールマカダムの渦の中の流産した胎児は、こうしたすべての幽霊のような狂乱状態の中に立ち、ガラスのない窓から海を見つめていた。ホテルは不潔で蚊がいっぱいいて、シーツの間にはセメントの砂があったが、子供たちがナイロンのけばけばしいカバーのついた金属のベッドの上で飛び跳ね、笑っているのを見て、彼は非常に驚いた。というのは、それまで――時には計画して、でもたいていは単に偶然に――彼と妻は美しく快適なところにしか子供たちを連れてこなかったからだった。そして彼はまた前の人生が幸運であったように、これからの人生は不運なものになるだろうという恐ろしい確信でいっぱいになり、子供たちに対してひどく憐みを感じた。彼は彼ら三人のために一つの部屋を予約していたが、やっと彼は子供たちを寝かしつけ、二人の子供の間に挟まれて、長い間眠れずに横になっていた。「これまで」とパニオティスは言った。「その夜ほど切り抜けるのが難しい夜はなかったよ」それでもやっと来た朝には、復活祭の頃には海辺では時々そうであるように、天気が悪かったのだ。すでに雨が激しく降り、ホテルが面する浜辺では風がひどく吹いていたので、海から泡が上がり、空を横切る幽霊のように見える大きな陰鬱な流れとなって吹き飛ばされたのだ。僕たちはその時いたところに留まるべきだったが、僕は出かけようと決めていたので、子供たちを車に戻し、屋根に打ち付ける雨の中を走り始めたが、どこに行くのかほとんどわからなかったよ。ある時点では、道は文字通りぬかるみになり、沿岸の上の小高い丘を登って行く時、押し流されてしまうかもしれない危険があることがわかったのだ。その上、子供たちは夜の間にひどく蚊に刺され、刺し傷を掻いていたけれど、その中のいくつかは感染するかもしれなかった。それで、僕は薬局を見つけなければならなかったが、雨の劇的な状況の中で、間違った曲がり角を曲がったに違いなかった。というのも、高速道路に入るのではなく、道はますます険しく、ますます狭くなり、小高い丘はますます荒涼としてきて、やがて、僕たちは、両側に目のくらむような急傾斜あり、頂上には大きな雲の塊がある紛れもない山並みの中にいたのだった。嵐のために、ヤギや山豚の群れが山腹を気が狂ったように走り、時には、車の真正面の道を群れをなして横切ったのだ。それから少し先に行くと、道は土手を破壊した川で水浸しになり、少し開けたままにした窓の一つから水が入ってきたので、子供たちは悲鳴をあげた。まだ午前中の後半だったが、まるで夜のとばりが降りたかのように、空は暗くなっていた。でも前方に、雨を通して、僕は突然明かりのある建物を見たのだ。驚くべきことに、それは道の端の山の宿で、僕たちはすぐに車を片側に寄せ、車から飛び出して、頭に上着をのせて低い石の建物の入り口へと走り、扉を荒々しく開けた。実際、そこは十分に良いところで、僕たちは中にいる人たちにはまったく異常に見えたにちがいない。子供たちは血の出ている刺し傷で覆われ、僕たち三人とも全員、服装は乱れ、ずぶ濡れになっていたからだった。主室はガールスカウトの少女たちでいっぱいで、少なくとも三十人はいて、みんな紺のスカートとブラウス、紺のベレー帽そして結び目付きの黄色いネクタイからなる制服を着ていた。彼女たちは一緒にフランス語で歌を歌い、一人か二人が小さい楽器で伴奏していた。ひどい海辺の町と嵐と狂ったヤギの後では、この奇妙な光景はまったく僕には好ましく思われた。そして実際、その休暇で僕に起こったことの一つは、そしてそれ以来変わっていないと思うのだが、僕は初めて、それを見ることを予想したかしないかを自問せずに、そこに現実にあるものを見始めたことだった。以前のことを、特に結婚していた年月のことを思い返してみると、まるで妻と僕は世の中を先入観という長いレンズを通して見ていて、それによって、僕たちの周りのものから壊すことのできない距離を、ある種の安全を構成するけれど、また幻想の空間も作る距離を取っていたように僕には思われる。僕たちはそれらに影響される危険にさらされていなかったと同様に、僕たちが見るものの真の姿を見ていなかった、と僕は思う。僕たちは、船の上の人々が過ぎていく本土をじっと見るように、人や場所をじっと見ていた。そして、僕たちが彼らが、あるいは彼らが僕たちが、困っているのを見たとしても、私たちの誰もそれについてなし得ることはまったく何もなかっただろう。

僕が急に妻に話す強い必要を感じたのは、多分こういったことを言うためだっただろう。そして、僕は宿の主人に使える電話はあるかどうか尋ねた。ガールスカウトは――彼女たちはフランスにはよくある、ある種の宗教団体に属していて、この地域を巡業しているのだと僕に言った――その間に大きな木のテーブルの周りのベンチに空間を作り、テーブルに向かって座り、快活に彼女たちの歌を再開したが、外では雨が土砂降りだった。宿の主人は電話を僕に示し、子供たちのためにココアを作ってほしいかと尋ねた。彼女はまた親切にも子供たちの刺し傷のためにチューブ入りの殺菌用のクリームを取り出した。電話ボックスの中で、僕はアテネの妻の新しいアパートの番号のダイアルを回し、男性が電話に答えたのを聞いて驚いた。やっと、クリスタが電話に出ると、僕は僕たちの困った状況についてすべてを話し、僕たちは山のどこかで迷ってしまったこと、ひどい嵐があったこと、子供たちは怯え、蚊の刺し傷で覆われたこと、そして僕はこのような危機をうまく処理する能力があるか疑わしいと言った。でも、彼女は同情し、心配して答えてくれるのではなくて、まったく沈黙していた。沈黙はほんの数秒だったが、言わば、僕たちの生涯続く二重奏で彼女が時間通りにやって来て、自分のパートを引き受けなかったその間に、クリスタと僕はもう結婚しておらず、僕たちが巻き込まれた戦いは単なる同じ生涯続く関わりのむごい形ではなく、もっとずっと悪質な何か、野心として破壊と消滅と非存在を持つ何かであることを、完全にはっきりと理解した。中でも、それは沈黙を必要としたのだ。それは僕とクリスタの会話が向かうもので、結局破られないままの沈黙であったが、この時は、彼女は沈黙を破った。きっとあなたは何とかうまくやっていくでしょうというのが、彼女の言ったことだった。そしてその後すぐに会話は終わった。

「このやり取りの後、子供たちのところに戻り」とパニオティスは言った。「僕はめまいのような非常に異常な不安定な感覚を感じた。僕はテーブルの木の端を非常に長いと思われる間しっかりと掴み、私の周りではガールスカウトが歌っていた。でもそれから、しばらくして、背中にはっきりとした暖かさを感じ、見上げてみると、太陽の黄色い光線が鉛の窓枠の窓から入ってくるのを見た。ガールスカウトは椅子から立ち上がり、楽器をしまった。嵐は過ぎたのだった。宿の主人は扉を開けて、日光を入れた。そして僕たちはみんな、滴り輝く世界に出て、そこに僕は立ち、子供たちは車のそばにいて、体を揺り動かしながら、ガールスカウトが口笛を吹きながら行進するのを見えなくなるまで見ていた。この光景で僕の心を一番打ったのは、明らかに彼女たちは自分たちが迷ったとは思っておらず、また、天気の変化に、山の性質にさえ何ら恐ろしさを感じていなかったことだった。彼女たちはこうしたことのどれも個人的に受け止めてはいなかった。それが彼女たちと僕の違いで、その時は、それは世界ですべての違いだった。

「僕の娘は」と彼は言った。「ここで過ごした最後の晩に、その日後になって歩きに行ったことを僕に思い出させた。彼女は実際ホテルも嵐もガールスカウトさえ覚えていなかったが、道でそれを示す標識を通り過ぎた時に行こうと決めたルシオス峡谷に降りていったことは覚えていた。峡谷に沿って僕がずっと行きたいと思っていた修道院があったので、彼女と息子と僕は車を道の端に置き、小道を下り始めた。飛び込むように落ちる滝のそばを日光を浴びて下りていったことや途中で摘んだ野生の蘭や驚くべき峡谷の端にとまるように位置する修道院それ自体を覚えていた。そこで、入るのを許可される前に、彼女は扉の所に防虫剤と一緒にバスケットに入れてある古いカーテンで作った醜い長いスカートを穿くように言われた。その日とても不快なことがあったとするなら、それはひどい臭いのするスカートを穿かなければならなかったことだ、と彼女は僕に言った。上に戻ってくる途中で」とパニオティスは言った。「太陽はとても暑くなり、蚊に刺され傷が耐えがたいほど痒くなったので、僕たち三人は服をさっと脱いで、そこは小道に近く、通りがかりの人にいつでも見られる可能性はあったが、滝が作った深い池の一つに飛び込んだ。なんて水は冷たく、なんて信じがたいほど深くて清々しく、澄んでいたことだろう——僕たちは太陽を顔に受けて、体を水の下の三つの白い根っこのように下げて、あちらこちら漂った。僕にはそこでの僕たちが今でも見える」と彼は言った。「というのは、それはとても強烈な瞬間だったので、他のことはまったく忘れてしまっても、ある意味で僕たちは常にその瞬間を生きていくだろうから。でもそれに付け加える話は特に何もない」と彼は言った。「君たちに話した話の中で重要な位置を占めているのだけれど。滝の下の池で泳いだ時間はどこにも属さない。それは一連の出来事の一部ではなく、以前家族がそれ自体であったようには、僕たちの生活の何もそうではないように、それはただそれだけなのだ。何故なら以前は出来事はいつも次のことに続き、いつも僕たちが誰であるかの話に役立っていたからだ。クリスタと僕が離婚すると、もう物事はそんな風には結び付かなくなった。僕は何年もそうであるかのように見せようと努力したけれど。でも、池での時の続きはなかったし、これからもないだろう。そしてそれで、娘はアメリカに行ってしまった」と彼は言った。「彼女の前に彼女の兄がそうしたように、二人ともできるだけ両親から遠く離れて。もちろん、僕は悲しい」と彼は言った。「でも、彼らは正しいことをしたと思わないふりは僕にはできない」

「パニオティス」とアンジェリキが叫んだ。「あなたは何を言っているの？　両親が離婚したから、あなたの子供たちは他国に行ってしまったというの？　あなたは自分がそんなに重要だと考えている点で、間違っていると思うわ。子供たちは自分の野心によって去っていったり、留まったりするのだわ。彼らの人生は彼ら自身のものよ。私たちは場違いな言葉を言っても、永久にそれに注目すると確信しているけれど、もちろん、それは馬鹿げたことで、ともかく、何故彼らの人生が完璧であるべきなの？　私たちを苦しめるのは私たち自身の完璧の概念で、それは私たち自身の願望に根ざしているのだわ。例えば、私の母は最大の不幸は一人っ子であることだと思っている。彼女は私の息子に兄弟姉妹がいないことをただ受け入れられないの。そして、いつもそのことを話すのを避ける方法として、この状況は選んで生じたのではないという印象を彼女に与えたのだと思う。でも、彼女は耳にした奇跡を行えるあれやこれやの医者の話を私にいつもするわ。先日、彼女は希望を捨てないでという短い手紙を添えて、五十三歳で赤ん坊を持ったギリシャの女性についての新聞の切り抜きを私に送ってきた。でも、私の夫にとっては、自分が一人っ子だったので、息子が一人で育つのはまったく正常なことなの。そして私にとっては、もちろん、もっと子供を持つことはみじめなことでしょう。たくさんの女性がそうであるように、私はまったく埋もれてしまうでしょう。私にはするべき重要な仕事があり、それは私の利益ではなく、災害と同じくらい悪いことなのに、何故母は私が埋もれるのを見たがるのか自問してみると、答えは彼女の望みは私についてではなく、自分自身についてであることに気づくの。彼女は六人の母親でないために私が失敗者だと考えてほしいと思っていないことは確かだけれど、それはまさに彼女の行動が私に感じさせることなのよ。

「息苦しい生活の部分は」とアンジェリキは言った。「しばしば両親の願望の投影である部分だわ。例えば、妻であり母である存在は、まるで私たちの外の何かに駆り立てられるかのように、問題なくよく立ち入られることよ。一方、女性の創造力は、自分で疑い、こうした他のことのためにいつも犠牲にするものは——例えば、女性は夫や息子の利益を犠牲にするとは夢にも思わないでしょうが——彼女自身の考え、彼女自身の内部の衝動だったのよ。ポーランドにいる間に」と彼女は言った。「私は感傷的でない人生の見方を身につけることを誓った。そして、私の小説で後悔することがあるとするなら、それは登場人物の物質的状況が非常に快適だということよ。もしそうでなければ、もっと真面目な本になったと思うわ。オルガと一緒に過ごして」と彼女は言った。「水の下にあるものが水がはけた時、明るみに出るように、私にとってある事柄が明るみに出てきた。ロマンスとして見る私たちの人生の感覚は——愛それ自体の概念でさえ——物質的なことがあまりにも大きな役割を演じている見方であり、そうしたものがなければ、ある感覚は減少し、他の感覚が目立ってくることに気づいた。私はオルガの厳しさに魅かれたわ」と彼女は言った。「彼女の人生の厳しさに。彼女が夫との関係を語る時、それはどのように作用するとかしないとか、まるでエンジンの部分について話しているようだった。そこにはロマンスはなく、隠し、見せられないところはなかった。それで、私は夫にはまったく嫉妬しなかったけれど、彼女が子供たちについて、子供たちが枕の下に置いている彼女の写真について話した時、母が姉妹や兄に注意を向けている時に彼らに対して腹が立ったように、私は自分が腹を立てていることに気づいた。私はオルガの子供たちに嫉妬したの。私は彼らがそんな風に彼女を愛し、彼女に力を及ぼしてほしくなかった。私は車のエンジンのように扱われている彼女の夫にもっと同情し始めた。そしてそれから、彼はもうこの感情的な表現のなさに耐えられなくなって、しばらくの間家族の元を去り、出て行って、自分のフラットで暮らした。彼が戻ってきた時、彼らは前と同じように彼らの生活を再び続けた」彼女を捨てて、子供たちの世話を彼女一人にさせたことに対して、彼女は夫に腹を立てなかったの？　と私は言った。「いいえ、逆だわ。彼女は夫に会えて喜んだ。私たちはお互いにまったく正直なのよ」と彼女は言ったので、彼が戻ってきたのは、状況をありのままに受け入れたためだったことがわかった。「私は想像しようと努力した」とアンジェリキは言った。「この結婚がどのようなものであるかを。その結婚では、誰も約束も謝罪もする必要はないし、雰囲気をよくするために、相手に花を買ったり、特別な料理を作ったり、蝋燭をつけたり、あるいは問題を乗り切るために休暇に宿の予約をしたりする必要はない。そこでは、むしろそうしたことなしですまし、正直にありのままに一緒に暮らすの。それでも、私は子供たちに、彼らが枕の下に置いている写真に戻ってきた。何故なら、それはオルガにはやましくも感情があり、ロマンスの能力があるということを示していたからだったけれど、ただそれは母と子供のロマンスであったの——そしてもし彼女にその能力があり得るのなら、どうしてすべての能力がないといえるのかしら？ 私は会ったことさえない彼女の子供たちに嫉妬したことを彼女に認めると、アンジェリキ、あなたは決して成長しないし、それがあなたが作家になれるやり方なのは明らかだわ、と彼女は言った。本当よ、とオルガは言った。あなたはとても幸運だわ。彼女の父親が行ってしまった時に、娘が日ごとに成長していくのを眺めていた。彼女はその頃非常に男性に対して敵意を持ったの、とオルガは言ったわ。オルガはある日娘をワルシャワの美術館に連れて行き、洗礼者ヨハネの切られた首を持つサロメの宗教的な絵のところに来た時、子供は歓声を上げたことを思い出したわ。別の時には、娘が男性に関して見くびったことを言ったために叱ったけれど、彼女は何故男性が存在することが必要なのかわからない、と言った。男性はいる必要はなく、母親と子供たちだけがいる必要がある、と彼女は前に言ったことがあったわ。オルガは娘の物事の感じ方にある程度自分に責任があると認めたけれど、明らかな真実は、彼は確かに子供たちを愛していたが、父親がしたように、自分は彼らの元を決して離れないということだったの。でも、彼女自身はただそんなことはできないだけで、その違いは生物学的事実かあるいは単なる環境の結果なのかわからなかったけれど、それはまだ説明する必要があった。もしそういうことになったら、あなたも同じことをするでしょう、とオルガは言ったわ」アンジェリキは話を少し中断した。「逆に、私の息子は私よりも彼の父親のものだわ、と私は言った。でも、私が異常なほど男性の権威に尊敬を抱いているのでなければ、そんなことが可能であるとは受け入れられない、と彼女は言ったの。その言葉を聞いて私は笑ってしまった。私やすべての人々についての考え、男性の権威への不当な尊敬を育むことに！　でも、それ以来その言葉についてずっと私はよく考えてきた」とアンジェリキは言った。「明らかな理由で。私の小説では、主人公は一方で自由になりたいという願望と、他方で子供たちに対する罪悪感で妥協している。彼女の人生がどちらを向いても彼女をまごつかせる限りない対立でなく、統合されることだけを彼女は望んでいるの。もちろん、一つの答えは彼女が情熱を子供たちに向けることだわ。その場合、何の害もないでしょう。そして、それが結局彼女が選ぶ答えなの。でも、私自身はそう思ってはいないわ」アンジェリキは彼女の袖のきれいな灰色の紗を配列し直しながら言った。

ウエイターが私たちのテーブルのそばに現れ、レストランは明らかに今閉店しようとしていた。そしてアンジェリキは立ち上がって、小さい銀の時計を見て、とても楽しかったので、時の経つのをまったく忘れてしまった、と言った。彼女はテレビのインタビューのために朝早く起きなければならなかった。「でも、とても楽しかったわ」と彼女は私の方に手を差し出して言った。「あなたにお会いできて。パニオティスはあなたを独り占めしたかったと思うけど、あなたがここにいらしてから、私は参加する権利を強く主張したの。私たちの会話を大切にするわ」と私の指先をぎゅっと握って、彼女は言った。「多分次回私がロンドンにいる時に、女同士でまたお会いして話を続けることができるでしょう」

彼女はバッグを開けて、彼女について細かいことが書いてある小さいカードを取り出し、私に渡した。ドレスをひるがえし、銀のハイヒールを揺らせて、彼女は行ってしまい、彼女の顔が窓の外を通るのを少しの間見た。彼女はいつもの表情に戻り、しかめっ面をしたが、ガラス越しに私と目が合うと彼女の顔が明るくなり、別れを告げるために手を上げた。

「よかったら君と一緒に歩いていくよ」とパニオティスは言った。「君のアパートまで」

私たちは鼓動する光と絶え間なく車の音のする大通りの方へと暗くて暑い歩道に出て行った時、彼はギリシャの著作の作品集を編集しているがそこから彼女を除外したので、アンジェリキは彼に対して腹を立てている、と言った。

「虚栄心は」と彼は言った。「僕たちの文化の災いだ。あるいは、それはただ僕が芸術家も人間だということをしつこく認めないからだろう」と彼は言った。

実際、私はアンジェリキが好きになったが、私が数年前に催した朗読会でそこに彼女と夫が聴衆の中にいたので、私たちは前に会ったことを彼女は忘れているように見えた、と私は言った。パニオティスは笑った。

「それは別のアンジェリキだ」と彼は言った。「もう存在せず、歴史の本に書かれないアンジェリキだ。有名な作家で国際的に知られているフェミニストのアンジェリキは前に君に会ったことはないのだよ」

アパートの建物の入り口に着いた時に、パニオティスはカフェの窓の暗がりの中の実物より大きい姿を、まだ笑っている女性と、ハンサムな偽りの慎み深さで彼女に向かって目を細めている男性を見た。

「少なくとも、彼らは幸せだ」と彼は言った。彼は書類鞄を開けて、封筒を取り出し、私の手に押し込んだ。「そこには君の真実がまだある」と彼は言った。「どんなことが起こったにせよ。それを見るのを恐れてはいけないよ」

VI

それは奇妙なグループで——ライアンが言ったように雑多な集団だった。デミス・ルソスのような髪型で、浮浪者みたいな髭を生やした子に注意したまえ。彼はまったく黙らないんだ、とライアンは言っていた。

部屋は小さくて古めかしかったが、コロナキ広場を見渡す大きな窓があり、広場はコンクリートの囲われたところで、落書きされたコンクリートの土台のプラタナスの木陰のベンチに座って人々が新聞を読んでいた。暑いところは午前十時にはすでに人影がなかった。鳩が、頭を下げて、つつきながら、舗装したところを横切って円を描くみすぼらしい隊形を作って進んでいた。

学生たちは窓を開けるべきか閉めるべきか話し合っていた。というのは、部屋はひどく寒くて、誰もエアコンの調節の仕方がわからなかったからだった。また、扉を開けておくか閉めるべきか、照明をつけておくか消すか、壁に何もない青い長方形を映し出し、ブーンという音を立てるコンピューターは必要か、閉じてもよいのかの問題もあった。肩まで垂れるもじゃもじゃの多くて長い黒い巻き毛で、少し薄い色の生えたばかりの口ひげを上唇にうまくおさめたライアンが言った子に、私はすでに気づいていた。他の人たちは、最初はまったく感じを掴むのが難しかった。ほぼ男女同数のように思われたが、彼らの二人として年齢や服や社会的タイプの特徴を共有する者はいなかった。彼らは、四角形を作るために実際はいくつかの小さいテーブルを寄せ集めた大きな白いフォルマイカのテーブルを囲んで座っていた。この面白みのない部屋には不確かなほとんど不安な雰囲気が漂っていた。これらの人々は私から何かを得たがっている、彼らは私を知らないし、お互いも知らないが、認められるという目的を持ってここに来ているのだということを、私は自分に思い出させた。

窓は開け、扉は閉めることに決まり、それぞれの側に一番近い人が立ち上がって、そうした。ライアンが言った少年は、部屋を暖めるために窓を開けるのはおかしいように思われるが、科学はこのような多くの現実の反対のことに自分たちを巻き込み、そのいくつかは他のものより役に立つ、と述べた。丁度愛する者の欠点を大目に見るように、僕たちは時々便利さによって不便な思いをすることを受け入れなければならない、と彼は言った。彼の同胞のギリシャ人の多くは、エアコンは非常に健康に有害だと信じていて、今やオフィスや公共の建物でエアコンを切る全国的な運動が、それ自体ある種の完全主義である自然に戻る思想があるが、それはみんながとても暑い思いをすることを意味し、結局またエアコンが考案されるという結果になった、と彼は幾分嬉しそうに話を締めくくった。

私は一枚の紙とペンを取り出し、私たちみんなが座っている大きい白いテーブルの形を描いた。私は彼らの名前を尋ね、全部で十人いたが、それぞれを四角の周りの彼らの場所に書いた。それから、それぞれにここに来る途中で気がついた何かについて述べるように言った。変わり目の長いぎこちない沈黙があった。人々は咳ばらいをしたり、彼らの前の書類を整え直したり、空をぼんやりと見つめた。それから、私の図によればシルビアという名前の若い女性が、誰も他の人は率先してやらないことを明らかに確かめるために部屋を見回してから、話し始めた。彼女の微かな、諦めたような微笑みが彼女がよくこのような立場になることを明らかにした。

「列車を降りる時」と彼女は言った。「小さい白い犬を肩にのせた、プラットフォームに立っている男の人に気づきました。彼はとても背が高くて、浅黒い肌をしてしました」と彼女は付け加えた。「そして、犬はとても美しかったのです。毛は巻き毛で雪のように白く、犬は男の人の肩に座り、自分の周りを見回していました」

また、沈黙が続いた。間もなく、きちんとして小柄な風貌で——私の図によればテオが——細縞のスーツを礼儀正しく着て出席していたのだが、手を挙げて話した。

「今朝」と彼は言った。「地下鉄に行く途中で私のアパートの建物の反対側の広場を横切っている時、広場の周りの低いコンクリートの塀の一つの上に、女性用のハンドバッグを見ました。それは大きくてとても高価そうに見えるハンドバッグでした」と彼は言った。「輝く黒いエナメル革でできていて、上に金の留め金がついていました。そして、それは塀の上にまったく公然と置かれていたのです。私はそのようなものを所有していそうな人を探して見回しましたが、広場には人気はありませんでした。それから、所有者が奪われて、バッグはそこに残され、中身は盗まれたのではないかと、私は思いましたが、近づいて中を見ると——留め金がかけられていなくて、上部が広く空いていたので、私はそれに触れずに中を調べることができたからですが——すべてのものが、革の財布や鍵の束や白粉入れや口紅や多分その日スナックに食べるつもりだったリンゴまでそこにそのままあるのがわかりました。私はしばらくの間そこに立って、誰か現れるのを待ちましたが、誰も現れなかったので、結局地下鉄へと歩いていきました。そうしなければ、遅れてしまうことがわかっていたからです。でも、歩いている間に、私はバッグを警察に届けるべきであったことに気づきました」

テオは中断し、彼の話は明らかに終わった。他の人たちは直ぐに矢継ぎ早に彼に質問した。バッグを警察に届けるべきであることに気づいたのなら、何故ぐるりと向きを変えて戻らなかったのか？　遅れるなら、何故安全に預けておくために、近くの店かキオスクにバッグを渡さなかったのか、あるいは少なくとも通りかかった人に状況を話さなかったのか？　彼はバッグを持っていって、都合の良い時に必要な電話をすることさえできた——誰でも盗めるようにそこにバッグを置き去りにするよりずっと良い！　テオはこうした質問の間、胸のところで腕を組み、小さいこざっぱりした顔に穏やかな表情を浮かべて座っていた。かなりの時間が経って、質問がなくなると、彼はまた話した。

「私は広場を横切って」と彼は言った。「そして向きを変え、その瞬間、警察のことを考えていたのですが、その時何とこともあろうに若い警察官が、私と遠く離れた塀の上に載っているのがまだ見えるバッグの丁度中間にいるのが見えたのです。彼は小道を上ってきましたが、つきあたりで、二つの方向の一方に曲がらなければならなかったのです。右だったら、彼は私のところに来たでしょう。あるいは左だったら、彼は真っすぐにバッグのところに行ったでしょう。もし彼が右に曲がったら、私は彼に知らせて、そのような行動に伴う書類作成に巻き込まれ、時間を無駄にするより他に選択肢はなかったでしょう。私にとって幸いなことに」とテオは言った。「彼は左に曲がり、私は十分に長くそこに立って、彼がバッグに手を伸ばし、所有者を探して眺め回し、私がしたように中身を見るために中を覗き込み、それからそれを持ち上げて、持っていくのを見たのです」

グループはこの出来栄えに心から拍手をし、テオは彼らの中で穏やかに微笑み続けていた。考えてみるのは面白い、と髪の長い少年が——私の図でその名前はジョルジオであることがわかったのだが——話は僕たちが関わったと信じる一連の出来事に過ぎないかもしれないが、僕たちはそれにまったく何も影響は与えられないということを。彼自身はここに来る途中何も気づかなかった。彼は習慣的に自分に関わりのないことには気づかなかった。まさにその理由で、彼は自分たちの経験を物語化する傾向は確かに危険だと思った。何故なら、それは人間の生活には何かもくろみがあり、私たちは実際そうであるよりも重要だと確信させるからだった。彼はと言えば、父親が車でここまで送ってくれ、途中で彼らは弦楽器の理論について興味深い会話をして、それから車を降りて、この部屋まで上ってきたのだった。

「確かに本当ではないわ」と彼の隣に座っていた少女が困惑した表情を浮かべて言った。「人生の物語がないというのは。人の存在は始まってある日終わる、それ自身のテーマと出来事と登場人物の役割があるはっきりとした形を持たないというのは」彼女自身はここに来る途中で、誰かがピアノを練習している音が漂ってくる開いた窓を通り過ぎた。たまたまその建物は彼女がプロの音楽家になる終生の望みを捨てて、二年前に去った音楽大学だった。彼女はその曲はバッハの『フランス組曲』からのニ短調のフーガで、彼女がいつも大好きだった曲だったが、まったく思いがけずそれを聞いて、その歩道で、途方もない喪失感を感じた。それはまるでその音楽はかつては彼女のものだったが、今はそうではないかのようだった。まるで彼女はその美しさから除外され、誰か他の人が所有している美を見て、いくつかの理由で、この世界に留まっていられない悲しみ全部に立ち戻らなければならないようだった。確かにその窓の下を通って二短調のフーガを聞いた人はまったく違ったことを感じたことでしょう、と彼女は言った。それ自体では、窓から聞こえる音楽はまったく何も意味せず、それに添えられる感情がどんなものであれ、そのどれも第一に、音楽を演奏させはせず、あるいはその音を通りすがりの人が聞けるように窓を開けたままにはしないでしょう。通りの向こうでこうした出来事を見ていた人でさえ、ただ見て聞くことによっては、話が本当はどんなものであったか推測できないでしょう、と彼女は言った。彼らが見たものは通り過ぎる少女で、同時に建物の中で演奏されている何か音楽を聞くだけだったでしょう。

「それは実際」とジョルジオは空に指を上げ、顔に大きく口を広げた笑いを浮かべて反応した。「すべて現実に起こったことだ!」

少女は——彼女の名前は見てみるとクリオだったのだが——多分二十代後半だったが、彼女は子供のような外見をして、黒い髪を後ろに引き寄せてポニーテールにしており、彼女の青白い血色の悪い顔は化粧をしていなかった。彼女は袖のないチュニックのようなものを着ていたが、それは彼女の素朴な雰囲気を増していた。私は彼女が練習室で禁欲的に白と黒の鍵盤の上を驚くほど素早く指を移動させている姿を想像することができた。彼女はジョルジオをまったく活気のない顔で見たが、それでも明らかに彼がまだたくさん言うことがあるだろうと予想していた。

有難いことに、とジョルジオは続けた。可能性と呼ばれる無限のものと同じように役に立つ見込みと呼ばれるものがある。プロの音楽家を作り出すことを目的とすると考えられる場所である、音楽大学に関しては、素晴らしい証拠がある。ほとんどの人はプロの音楽家がどんなものであるか考えを持っていて、そのような職業の失敗の可能性は成功の可能性と同じくらい大きいことがわかっている。だから、建物から音楽が流れてくるのを聞いて、彼らはそれを弾いている人はその危険を冒していると考え、だからその人の運命は、普通の人が両方想像できる基本的な二つの形の一つを取るだろう。

「言い換えるなら」とジョルジオは言った。「僕は君の話を、事実だけから、僕が確かに知っているすべてである僕自身の経験から推定できる。重要なのはこの場合、僕を動揺させることを止めない南半球の星座を暗記するのに失敗したような僕の失敗の経験だ」彼は手を組み、うつむいた表情で手を見ていた。

私はジョルジオに何歳か尋ね、先週十五歳になったと彼は答えた。彼の父親は誕生日のプレゼントに望遠鏡を買ってくれ、それを彼らのアパートの建物の平屋根に設置して、それで彼は今空を学習する、特に彼が特別な興味を持っている月の相を学習することができた。私は彼がそのような満足できるプレゼントを受け取ったことは嬉しいが、今は多分他の人の話すことを聞かなければならない時だ、と言った。彼は顔を輝かせて、頷いた。彼は『フランス組曲』の二短調のフーガをよく知っていることを付け加えたい、と言った。父親が彼のためにそのレコードをかけてくれ、個人的にはそれは非常に楽観的な音楽の曲だといつも思った。

これを聞いて、彼の隣に座っていた人が話し始めた。

「音楽は」と彼女はけだるい夢のような態度で言った。「音楽は秘密を裏切ります。それは夢よりももっと裏切ります。夢は少なくとも私的であるという長所があります」

そう言った女性は、素晴らしいが一風変わった外見をしていて、五十代のどこかで、破壊された美しさを堂々と身につけていた。彼女の顔の骨はほとんどグロテスクに近いほど印象的な構造で、彼女がそれを強調することを選んだ印象だったが――ある意味で、それは私にははっきりと意図的に滑稽な印象を与えた――彼女のすでに大きな青い目はたくさんの異国的な青と緑のアイシャドウで囲まれ、それから瞼の周りはさらに明るい青で無頓着に描かれていた。彼女の鋭い頬骨にはピンクの頬紅が塗られ、異常に肉感的で突き出た口にはたっぷりと不正確に赤い口紅が厚く塗られていた。彼女はたくさんの金のアクセサリーとこれも首と腕を露出したひだを付けたシフォンの青い服を身に着け、露出した部分の肌はとても茶色くて、複雑に皺が寄っていた。私の図によると、彼女の名前はマリエルだった。

「例えば」と彼女は長いこと間をおいてから、とても大きな青い目を彼女の周りの顔に走らせながら続けた。「夫が私に対して不誠実であると気づいたのは、彼がシャワーを浴びながら『恋は野の鳥』を歌っている時でした」彼女はまた中断し、肉感的な唇をまるで歯を湿らせるかのように、確かに大きくて突き出した前歯の上にやっと閉じた。「彼はもちろんカルメンのパートを歌っていました」と彼女は再び話し始めた。「でも、彼は自分の間違いに気づいたとは思いませんし、わかったとしても、気にさえしなかったでしょう。彼は極端な人で、事実によって抑制されることを好まないので、彼はいつも細かいことには不精だったのです。彼に関する限り、彼はまったく楽しいので歌を歌っていたのです。晴れた朝私たちのアパートで、彼は上機嫌でした。彼の愛人は街の反対側のどこかに隠れ、その間彼は石灰華と金の仕切られた空間でシャワーを浴びていて、まだ紛失したと思われていている彼が石鹸皿として使っているパルテノンの装飾帯の小片だけでなく、二、三の硬い工芸品を、彼はそこに置いておきたいとさえ思っています。そこには私たちが設置したばかりの新しい高圧のお湯のシステムや彼がはるばるニューヨークの五番街のサックスに注文したタオルもありましたが、タオルは母親の腕の中の赤ん坊のように人を包み、また眠りに戻りたいと思わせるのでした。

「私自身は台所にいて、オレンジを搾っていました」と彼女が言った。「私はマーケットで見つけた、熟した小さいメロンとデルフィの近くの丘の中腹で素晴らしいヤギを飼っている女性から買った新鮮なチーズの一切れのとても美味しい朝食を作ったところでしたが、その時彼が歌っている声を聞いたのです。私はそれが何を意味するか直ぐにわかりました。馬鹿者、と私は思いました。——何故彼は離れた台所にいる私が聞こえるように、叫ぶように歌わなければならないのか？　彼は私が最後まで取っておいたのに、手を伸ばして、見た目が気に入ったものを私のお皿から何であれ一番良いものをいつも取るように、自分のために一番良いものを取ります。何が裏切りのメロドラマを彼の頭にひょいと浮かび上がらせたか知っている唯一の人である私。彼は何故黙っていられないのだろうか？　そして私が素晴らしい朝食を食べる前にすべてが起こり、彼がシャワーから出てきた時、朝食がカウンターの上に手つかずに待っているのを見るでしょう。彼の幸福感は完璧であることが私にはわかっていました」

彼女は話を中断して、明るく黄色い金髪に染めた編んだ髪を耳に挟み、再び話し始める前に、また唇を湿らせた。「今朝」と彼女は言った。「ここに来る途中で金銭的な問題を話し合うために彼のオフィスに立ち寄る取り決めをしていましたが、ともかく、そういう問題では私たちはいつも意見が合うのです。夫の思いやりのなさはまったく悪意のなさと一致しています。彼は」と彼女はため息をついた。「とても趣味の良い人ですが、それは私には苦痛なのです。というのは、私は良い生徒で、彼が自分でそれが欲しいと思う前に彼が欲しいものがわかるほど、彼の趣味を完全に学ばずにはいられないからです。そして、女性に関しては、私は彼女たちを彼の目で見て、彼の彼女たちに対する欲望を感じるほど、私は明らかに予知するようになっています。それで結局、目を閉じることを学んだのです。そして今朝台所で耳を閉じることを覚えていたとしても、私は自分のお皿を見て、一番よくて一番美味しい御馳走がどういう訳か消えてしまったことに気づいたことでしょう。

今日、三十階にある彼のオフィスにガラスのエレベーターに乗って、出ると、そこのすべてのものが変わったことに気づきました。完全な改装がされ、新しい主題は白で、極端な人である夫は白でないものはすべて――何人かの人も含めて――取り除かなければならないと決心したのです。そしてそれで、私の親しい友達で彼の秘書のマーサの、大きな窓のそばの、パック入りのお弁当や子供たちの写真や歩くためのかかとの低い靴を置いてある机のところの席には彼女はもういませんでしたが、そこで私たちはよく座って話し、彼女は私が知る必要のあることはすべて話してくれたので、私の知らないことはありませんでした——マーサはいなくなってしまいましたが、彼女は実際排除された訳ではなく、単に訪問者に見られない後ろの彼女自身のオフィスを与えられたに過ぎないと、夫は言って安心させました。台所にその朝私がお皿の上に永遠に残さなければならなかった新鮮なヤギの一切れのチーズしか私には思い出させないすべて白い世界の、窓のそばの彼女の席には新しい娘が座っていました。彼女はもちろん白い服を着て、白子のような青白い肌をしていました。そして髪の毛も彼女の頭から羽のように出ていて——そこで唯一の色のあるもの——明るい青に染められた一つの長い編んだ髪以外はまったく白でした。降りて来るエレベーターの中で、私がそこにいる間に、スリが財布を取るように、こっそりと私の許しを強要し、乞食の帽子の羽のように青い羽を私の気持ちの中に留まらせて、軽いけれども優れない気持ちの私を通りに戻した男のまったく特異な才能に感嘆しました」

マリエルは、隆起した顔を上げ、大きな輝く目で真っすぐ前をじっと見て、黙った。まったく普通のことだ、と彼女の左側の男性が間もなく言った。今、若い人たちが自分の外見を他人にショックを与えたり、混乱させる手段として使うことは。彼自身——同じことが私たちすべてについて言えると彼は確信しているのだが——マリエルが説明したものよりもっと極端な髪型を、それにまた時には明らかに激しい性質の刺青や耳に穴を開けるのを見たことがあるが、それでも、それは持ち主についてまったく何も語らないし、彼らはしばしば非常に優しくておとなしい人々である。彼はこの事実を受け入れるのに長いことかかった。というのは、彼は判断し、あることの意味はその外見に相応しいと思い、また自分の理解できないことに怯える傾向があったからだった。厳密に言って、彼には何故人々が自分を傷つけることを選ぶのかその理由がわからなかったが、彼はそのことにあまり深入りしないことを学んだ。どちらかと言えば、彼はそのような外的な極端なものをそれに一致する大きな内部の空虚さ、意味のある信念のシステムに関わらないことから来ると思われる無意味さの象徴だと思った。彼の同世代の人々は――そして、自分は多少年を取って見えることに気づいているのだが、彼は二十四歳に過ぎない――ほとんど私たちの時代の宗教的、政治的討論にまったく驚くほど無関心である。彼はと言えば、政治的目覚めは、彼の全感性の目覚めであり、この世に存在する方法を彼に教え、説明するのは難しいのだが、彼が誇りを、だがまたある不安、ほとんどある種の罪悪感とも言えるものを感じる何かであった。

例えば、ここに来る途中で、彼は去年の夏――誰もが思い出すように――彼と彼の政治的友人が誇りを持って参加したデモがあった街の地域を歩いた。彼はそれから今まで訪れたことのなかった通りを歩いて、その日彼らが辿ったまったく同じ道を自分が辿っていることに気づき、よみがえってきた思い出に自分が感情でいっぱいになっていることに気づいた。それからある時点で、彼は両側の建物が燃え尽きた骨組みになってしまった路地を通った。彼はガラスのない窓から洞穴のような廃墟となった内部を見たが、すべてが黒ずみ、幽霊のようで、そしてまだ汚らしいもの、彼ら自身の破壊の残骸でいっぱいだった。というのは、過ぎ去ったまる一年の間、誰も片づけに来なかったからだった。どのようにして建物に火がつけられたか彼は思い出せなかったが、それは夕方近くで、火はアテネのいたるところから見えた。報道局が街を横切って勢いよく噴き出す煙の映像を放送し、それは世界中に中継放送された。それはその夜の興奮の一部であり、――彼は信じているのだが――デモに参加した人々のメッセージをわかってもらう必要な手段でもあった。だが、荒廃した廃墟を覗いた時、彼が感じたのは恥だけで、彼は本当に彼がこうしたすべての混乱に責任があるのかどうか尋ねる母親の声を実際聞いたと思うほどだった。何故なら、人々が彼女にそう言ったからであり、彼がそのことをはっきりさせるまで、母親は彼らの言うことを信じるべきか信じるべきでないかわからなかったからだった。

子供の頃、と彼は続けた――私の図によると彼の名前はクリストスだった――彼は非常に内気で、ぎこちなく、彼の自信を作る方法として、母親は彼をダンスのクラスに入れようと決心するほどだった。近くの会館で行われ、その土地の少女や少数のその土地の少年が通う――すべて野蛮人だったのだが――こうしたクラスは今でさえ伝えるのが難しいほど彼にとっては苦痛だった。それは彼が太り過ぎていて、肉体的に自信がないだけではなかった。それはそのような状況で、説明がつかないほど彼を駆り立てて、自分を転ばせてしまうような人前に姿を見せることの恐怖だった。それは、高いところを恐れる人々を駆り立てて飛び降りたいと思わせるようなある種のめまいだった。彼はただ見られることに耐えられなかったのであり、彼にダンスをするように求めることは、高い針金の上を歩くように求めることに似ていて、そこでは落ちるという考えは絶えず存在していたので、結局は落ちてしまうことになっただろう。そして、彼は他のくるくる回る足の間で、浜に引き上げられたクジラのように、何度も苦しんで鞭打たれるような屈辱感を味わいながら倒れたが、その結果、からかいの種になり、とうとうダンスの教師は彼にクラスに出席するのをやめるように提案して、彼は家にいることを許された。

「それから、私の恐怖を想像してみてください」と彼は言った。「結局私は大学に行き、一生友人として付き合いたいと思うような立派で、献身的で、同じ考えを持っている人々のグループと付き合ったのですが、このグループの主な趣味と気晴らし、彼らが一番好きなことは――政治の次に――ダンスであるとわかった時の。毎晩彼らは私をダンスに誘いましたが、もちろん私は断りました。この社交の世界で私の一番親しい仲間、マリア、私が非常に熱烈な政治的議論をした少女、私があらゆることを、クロスワードパズルの好みまで共有した少女、私たちはクロスワードパズルのいくつかを毎日一緒に完成したのですが――マリアまでがこのとても不快な行動に私が参加するのを断ることに失望したのです。彼女の前に母が言ったように、私を信じてちょうだい、と彼女は言いました――私を信じてちょうだい。きっと楽しめるから。結局、私が踊らなかったら、マリアの友情を失ってしまうと思うようになりましたが、彼女が私が踊るのを見たら、いずれにせよ友情を失うのは確かでした。避ける方法はなかったので、ある晩彼らがいつも行くクラブに一緒に行くことに同意しました。そこは現代の世界と何の関係もないという理由で、私が予想していたものではまったくありませんでした。それはもっぱら一九五〇年代のスタイルと音楽にあてられた場所でした。人々はいわゆる衣装を着てやって来て、リンディ・ホップと呼ばれるものを踊りました。これを見て私は前よりももっと怯えました。でも、たぶん」と彼は言った。「恐怖に向き合う最上の方法は、言わば、恐怖に衣装を着せることであり、それを変えることです。というのは、置き換えるという単なる行為はしばしば物事を無害にするからです。人の性格の心の習慣は――抑制と言えるかもしれませんが――滑るように自由になるのです。私はダンスのフロアーに自分が歩いて行くのに気づきました」とクリストスは言った。「倒れるだろうと確信して、マリアと手に手をとって、でも、音楽が始まった時——今でもそれを聞けばわずかな憂鬱も疑いも消えてしまう非常に魅力的で楽しい音楽が——私は自分が倒れず、自分の体から抜け出してしまうように思えるほど、ぐるぐると速く高く飛んでいることに気づきました」

私の前のテーブルの上の電話が鳴った。それは私の下の息子の番号だった。私は電話を取り、後でかけ直すと言った。

「僕は迷ってしまった。自分がどこにいるかわからない」

胸のところに電話を持って、ちょっとした緊急事態が起こったので、短い休憩を取る、と私はグループに言った。私は部屋を出て、廊下に立っていたが、そこには表や広告や告示をピンで留めてある掲示板があった。貸アパート、写真複写サービス、これからの音楽会。私は息子に道の名前が書かれている標識が見えるかどうか尋ねた。

「見てみるよ」と彼は言った。

背後に車と彼が息をする音が聞こえた。しばらくして、彼は通りの名前を私に告げ、私は一体全体そこで何をしているのかと彼に尋ねた。

「学校に行こうとしているんだ」と彼は言った。

私は彼の友達のマークとマークの母親と一緒に、今週彼のために私が取り決めたように何故学校に行かないのか、と彼に尋ねた。

「マークは今日は学校に来ないよ」と彼は言った。「彼は病気なんだ」

私は彼に向きを変えて、来た道を戻り、通り過ぎた通りの名前を私に告げるように言った。そして、正しい通りに来た時、私は彼に電話の音を小さくして、真っすぐに進むように言った。数分後に、その間私は彼のあえぐ息づかいと歩道を軽く叩く彼の足音を聞いていたのだが、彼は「見えたよ、校舎が見えた、大丈夫だ、僕は校舎が見えた」と言った。

「あなたは遅れていないわ」と私は時計を見て、イギリスの時間を計算して言った。「息を整えるのに数分あるわ」私は後で辿らなければならない逆の方向を忘れないようにと念を押し、楽しい一日を過ごしてほしい、と言った。

「有難う」と彼は言った。

教室の中では、一人の学生が、非常に大柄で、柔らかく見え、厚い黒い縁の眼鏡をかけた若い娘がとても大きな香りの良いペイストリーを食べている以外は、私が出て行った時のままで、グループは待っていたが、ペイストリーの肉の匂いは強烈だった。彼女は紙の袋に入ったペイストリーの底を持ち、屑が落ちないように、上からゆっくりとかじっていた。彼女のそばには、彼女が柔らかく形がないように、ほっそりして、浅黒い、引き締まった若い男性が座っていた。彼は素早く手を挙げ、また手を引っ込めた。ここに来る途中で、と彼は静かなはっきりした声で言った——私は下を向いて彼の名前を見つけたが、それはアリスだった——ここに来る途中で、彼は道の脇に横たわっている黒いハエの群れに覆われた異様に膨れた腐敗しかかっている犬の死骸のそばを通り過ぎた。ハエの音は少し離れたところからも聞こえ、何だろうと思った、と彼は付け加えた。それは脅すような音だったが、音の源を知らなければ、また奇妙に美しかった。自分はアテネの出身ではないが、彼の兄がここに住んでいて、その週の間住める場所を彼が提供してくれた、と彼は続けた。それは非常に小さいアパートだった。台所でもある部屋のソファーで彼は寝ていた。彼は冷蔵庫のすぐ隣に頭を向けて寝たが、冷蔵庫の扉には様々な磁石があり、彼は調べてみない訳にはいかなかったが、その中には一対の裸の野獣の形をしたプラスチックで作られたものもあり、非常に粗雑に作られていたので、右の野獣の乳首は著しく中心から外れていて、彼はそこに横になっている間、何時間もその不調和をじっと見ていた。彼の兄は台所の流しで服を洗い、それから乾かすために部屋中にかけた。彼はオフィスで働き、毎日清潔なシャツが必要だったのだ。棚や窓台と共に部屋の利用できるすべての椅子にシャツがゆったりとかけられた。乾く間に、シャツにはその下にあるものの形を押し付けた跡がついた。ソファーに横になり、彼はそのことに気づいていた。

彼のそばの少女は今ペイストリーを食べ終わり、指で皺を伸ばしながら袋をきちんとした四角に折ることに専念していた。彼女が見上げた時、私と目が合い、やましい表情を浮かべて直ぐに四角にした紙を自分の前のテーブルに落とした。自分の名前はローザで、発言が許されるかどうかわからない、と彼女は言った。彼女はこの実習を正しく理解しているかどうかわからなかった。ともかく、彼女の発言は他の人のものとは違い、多分価値はないだろうが、それが彼女が考えられるすべてだった。彼女はここに来る途中本当に何も見なかった。彼女が小さかった頃、祖母が午後よく連れて来てくれた公園を通ったことが、起こったことのすべてだった。そこには祖母が押してくれ彼女がよく座ったブランコのある小さい遊び場があった。今朝通り過ぎる時に、彼女は遊び場とそれからブランコを見て、祖母と一緒に過ごした楽しい午後を思い出した。彼女は黙った。私は彼女に有難うと言い、彼女は黒い縁の眼鏡越しに穏やかに私をじっと見た。

時間はほとんど終わりに近かった。私の真正面に座っている女性、彼女の幾分驚いたような顔は壁の時計の文字盤の下にあったので、私は彼女がそこにいることをほとんど忘れてしまうほど、その二つの形は交わり、結び付いていたのだが、その女性が自分は客観的世界にどんなにわずかしか気づかないかわかったことは興味深いことである、とその時言った。その時点で彼女の意識は——彼女は五十三歳だった——自分自身の記憶や義務や夢や知識や多すぎる毎日の責任だけでなく、他の人のそうしたもので非常にいっぱいなので——それは何年にもわたって聞いたり、話したり、共感したり、心配したりすることによって集められたのだが——こうしたたくさんのタイプの精神的な重荷を分ける境界、こうしたものの相違が崩れ、何が彼女に起こったのか、何が彼女の知っている他の人々に起こったのか、時には何が現実で何がそうではないかさえもはっきりとわからなくなってしまうことに一番怯えていた。例えば、今朝、彼女の姉が非常に早く電話をしてきて——二人ともよく眠れず、それでその時間によく話すのだが——食事に招かれた友達の家で彼女と夫が過ごした晩のことを自分に話した。友達は台所を広げ、新しく改造したところで、目玉は、部屋を大聖堂のように明るく広々とする天井の非常に大きなくぼんだガラスの鏡板だった。

「私の姉は」と彼女は言った。「その驚くべき効果について友達を褒めると、実際、友達は数か月前に台所を新しく改装した別の友達からアイデアを借りたことを認めたのです。でも、それから恐ろしいことが起こっていたのです。友達の友達はたくさんの客を食事に招待していたのです。彼らが来る直前に、彼女はガラスの鏡板に、まるで何か小さいけれど鋭いものが上からその上に落ちたような、とても小さいひび割れに気づいたのです。彼女はイライラしました。鏡板にはかなりお金がかかっていて、欠陥のある部分は小さい一か所だけだけれど、すべてが一枚でできていたので、全部を取り換えるほかに手立てがないことがわかったからでした。客が到着し、晩の間に信じられないような嵐がアテネに来たのでした。グループがガラスの鏡板の下に座って、食事をしている時、雨がひどく激しく降りました。彼らがガラスの上の聴覚的、視覚的な水の効果に感嘆しているその時、大きなきしみ、きしる音と共に彼らの上で全部が突然崩壊したのです。明らかにガラスのひび割れがその上に落ちてくる水の重さに耐えられないほど構造を弱らせたのでした」

女性は中断した。「これは」と彼女は言った。「電話で姉が私に話したもので、彼女に影響を与えもしなかったし、厳密に言って、彼女に関わりのある話でもないことを思い出してください。そして、驚くべきことに、誰も傷つかなかったので、それは人々にショックを与える話ではなく、その理由で話す話なのです。また、第一に彼女にそれを話した友達にも、彼女は天井に同じタイプの鏡板をつけていたので連想によって以外には、本当に影響を与えませんでした。それで、私は言わば、また聞きのまた聞きでそのことを知ったのでしたが、まるで私自身が経験したように私にとって現実的でした。その話は午前中ずっと私の心を乱しました。でも、ほとんどの人々と同様に、私は恐ろしい出来事を――そのほとんどはもっとひどい――毎日、新聞やテレビで耳にしています。そして、その話は私自身の記憶や経験の中で私の心に留まったので、それを別にして話すのが難しかったのです。私の生活の現実は主に中産階級の価値観と呼ばれるものに関わっています――私の知っている人たちはよく家を新しく改造し、私自身がするように、彼らは他の人々を食事に家に招きます。でも、違いがあります。何故ならその話の中の人々は私の知っている人より少し素晴らしく思われるからです。私の知っている人のほとんどは、とてもそうしたいと思っても、天井にガラスの鏡板をつける金銭的余裕がありません。けれど、姉は私より少しもっと地位の高い集団へと移動しています。私たちの関係で、このことが緊張の原因であることに私は気づいています。私は彼女の社交生活に、彼女が会う人々に少し嫉妬していることを認めます。そして時々、彼女が住むもっと面白い世界に私を入れるために彼女はもっとできることがある、と私は思うのです。

「二番目の理由は」と彼女は続けた。「その話それ自体と、圧力で結局全崩壊に導いたガラスの鏡板の小さいひび割れと関係があります。実際の水の圧力と絶対にもつだろうと思って称賛していたその下の人々のもっと不可解で掴みどころがない圧力。そうでなくなった時、それは最悪の危害と破壊、ほとんど悪の手段になったのです。そして、この事実の配列の象徴性は、私にはある重要な意味を持っています」彼女はしばらく黙っていて、彼女の頭上で二番目の針が時計の文字盤を回った。私は図を見て、彼女の名前がペネロペであることがわかった。「私は」と彼女は再び話し始めた。「世の中をまたもっと無邪気に、もっと非個人的に見たいのですが、私にアイデンティティも人とのつながりもないまったく知らないところに行く以外には、どうしたらそうできるかわかりません。でも、どうしたらそのようなことが成し遂げられるのか、そのような場所がどこにあるのかさえ私にはわかりません。それにまた関係や責任の問題がありますし、それらは私を苛立たせますが、同時にそれらから逃れることを不可能にするのです」と彼女は話を終えた。

今や一人を、私の図ではカサンドラという名前の女性を除いては、グループのそれぞれのメンバーがみな話をしたが、私が見ていると、その女性の表情は時間が経つにつれてますます不機嫌になり、彼女は自分の不快さを無分別な一連の呻き声やため息で知らせ、今厳しく腕を組んで座り、頭を振った。私は終わる前に、何か意見を言うことがあるかどうか、彼女に尋ね、彼女はないと言った。自分は明らかに間違っていたと彼女は言った。これは書くことを学ぶ、彼女が知る限り、自分の想像力を使うことを含むクラスであると言われてきた、と彼女は言った。彼女は私がここで何が成し遂げられたと思うかわからないし、自分はそれを知ることにまったく興味がない。少なくとも、ライアンは自分たちに何か教えてくれた、と彼女は言った。彼女は主催者に金を払い戻すように言って、彼らが彼女のフィードバックを必ず受け取るようにするだろう。私はあなたが誰だかわからないが、と立ち上がり、荷物をまとめながら、私に言った。でも、一つだけ言っておくわ。あなたはひどい教師だわ。

Ⅶ

飛行機で隣の席だった人は、私がもう観光をする時間があったかどうか尋ねた。私たちはまた車に乗り、マリーナに向かう騒々しい道にいて、窓を開けていたので、彼のシャツの袖がそよ風にひどくはためいた。

私は前に数回アテネを訪れてことがあり、風景はよく知っているが、そのことは観光をしてもっと探し出したいという欲望を何故感じないかの説明にまったくはなっていない、と言った。彼は驚いた。彼は私がここにそれほどよく来ていることに気づいていなかったのだ。例えば、彼はロンドンにいつも行っているが、どういう訳か、同じ行動の基準が逆に働き得るということを思いつかなかったのだった。最後に私が来たのはいつか？　三年前です、と私は言った。彼はしばらくの間黙っていて、彼の小さい目が、地平線をぼんやり見て、細くなった。

「三年前」と彼はじっと考えるように言った。「その頃、私はアテネに戻ったところでした」

私は彼がどこに行っていたのか、また何故か尋ね、彼は一時期ロンドンに住み、働いていた、と言った。そこの銀行からとても良い仕事の申し出があり、ここでの生活の自由を、特に彼の船を捨てたくはなかったが、そのような申し出が彼のところに来るのは最後かもしれないと彼は感じた。そしてその頃、アテネは、彼の失敗で少なくとも終わってしまい、再開する可能性を見いだせないことでいっぱいのように思われた。実際、その仕事を提供されて、彼はひどく驚いた。何故なら彼の自己評価は非常に低かったからだった。自分が何に値するか確信が持てない時に、大きな決断をするのはいつも危険です、と彼は言った。明らかに彼の友達も彼と同じ意見だった。というのも、彼らはみなためらいもなく、その仕事を受けるようにと強く勧めたからだった。頭の切れる人たちが自分自身では夢にもしようとは思わないことをするようにどんなに人に勧め、どんなに熱心に人を破壊にいたらせるかは興味深いことです。親切な人、とても愛情に満ちた人でさえ、心の底では滅多に他人の利益を本当には考えていないのです。逃避は現実ではないけれど、単に時々夢見る何かであり、彼らはより安全でより制限された生活の中から他人にアドバイスをするからです。多分私たちはすべて動物園の動物のようで、私たちの一人が囲いから出たのを見ると、たとえそれが迷ってしまう結果になろうとも、その人にがむしゃらに走れと叫ぶのです、と彼は言った。

私は彼が思い描いていることを聞いて私は好きなオペラの場面を思い出した、と言った

——実際、私はクレリアのアパートでその録画を見つけた——それは『利口な女狐の物語』という題名で、その中で、狐が猟師に捕まって、他の動物たちと一緒に農家の庭で飼われる。女狐は破壊的だが、彼は彼女が好きなので飼っていて、その結果は監禁であるが、彼の親切な対応は彼女にとっても価値がある。でも、彼女の性質が野生を求めさせ、ある日、彼女は農家の庭を逃げ出して、森に戻る道を見つける。だが、彼女は自由になったと感じる代わりに、怯える。というのは、生涯のほとんどを農家の庭で過ごしてきたので、彼女は自由になる方法を忘れてしまったからだった。自分はそのオペラを知らないと隣の人は言った。でも、彼はロンドンの仕事の可能性に宿命論の反対の方法で取り組んだ。まるで彼の生活の自由はとうとう日常の仕事に従事することによって失われてしまったかのように。遊び人で大金持ちの息子である彼は、ついに九時から五時までの懲役刑に従った。彼はアテネの家を売り、イギリスの首都の上流階級向けの地域に小さいフラットを買い、船を海からひきあげた。それは二十五年の歴史の中で船が住んでいた住みかを離れた唯一の時です、と彼は言った。彼は船をアテネの中心にある倉庫に保管しておくように手配した。船が海から持ち上げられ、平台トラックに置かれるのを見ている時に感じた感情を伝えるのは今でも難しいが、彼はそれを自分の車でずっと牽引し、それから積んである船を街の中で深く埋葬した。そしてそれから、ロンドンに行き、自分自身も同じ運命を辿るのではないかと感じた。

私はその埋葬から彼を元に戻したのは何かと彼に尋ねると、彼は微笑んだ。一つの通話です、と彼は言った。それは彼にとってロンドンでの二度目の冬で、雨の中を重い足取りで仕事に行き帰りして、銀行で十八時間を費やし、夜遅く彼の絨毯を敷いた監獄で持ち帰りの料理を食べている時、アテネの倉庫の所有者が彼に電話をしてきて、不法侵入があって、船のエンジンが盗まれた、と言った。翌日、彼は辞表を提出し、アテネに戻る飛行機に乗った。そのような確かなものを感じることはなんとすがすがしく、なんと肯定的だったことでしょう、と彼は言った。特に彼の愛の歴史が彼をひどい失敗の沼地に追い込んだので、自分は何に対してもはっきりした感情を持たない人間だと、彼はほとんど思うようになっていたが、彼の所有物に対するこの襲撃は、まるで宝くじに当たったかのように、彼を喜びと活気に戻したのだった。何年もの間で初めて彼は自分が何を望んでいるのかがわかった。彼が戻って最初にしたことは、見つけられる最上のエンジンを買ったことだったが、そのエンジンは彼が必要とするより少し多くの動力を持っていたことを彼は認めた。

私たちは今はもうマリーナに近づいていて、出航する前に、何かコーヒーか飲み物を飲むために止まりたいかと彼は私に尋ねた。なにしろ、急ぐ必要はなかった。私たちには世界中の時間がすべてあった。彼は海岸沿いのどこかに開店したばかりの新しいところがあると聞いたことを思い出したようだった。彼はアクセルから足を離し、フロントガラス越しに、埃っぽい道端とそこにずらっと並んだバーやレストランをじっと見ながらゆっくりと進んだが、その向こうには、砂浜と寄せる波のフリルがついた海があった。急に彼は草の生えた縁の脇の土のところに進み、白い立方体のプランターに入ったヤシの木と白い立方体の家具が並んでいる海に面したテラスのある場所の外で止まった。ジャズの音が聞こえ、黒い服を着たウエイターが、巨大な帆のような非対称の天蓋の陰の誰もいない家具の間をゆっくりと歩いていた。彼はここでよいかと私に尋ねた。とても印象的に見えると私は言って、私たちは車から出て行き、ヤシの木の一つのそばのテーブルに向かって座った。

途中で楽しむことを忘れないことは重要だ、と隣の人は言った。ある意味で、それは最近の彼の人生哲学になっていた。彼の三番目の妻は非常に清教徒的だったので、時々彼はまったく旅行中に休憩しなかったので、休憩は彼女と共に過ごした年月の埋め合わせになるだろう、と彼は言った。彼女と暮らしている間、すべての出来事に妥協せず、正面から向き合い、ちょっとした楽しみもすべて調べられ、不必要と見なされるか、あるいは——重い負担を加えられ——彼女がその目的のためにいつも持っているノートに書き留められた。彼は、その家族、倹約と無駄を避けることに取りつかれたカルバン派の家庭のそれほど直接的な産物である人に会ったことはなかったが、彼女にも一つ弱点があった。それは

Ｆ１のレースで、時々テレビで見ることでそれを心ゆくまで楽しみ、特に勝者が応援する群衆に無駄にしたシャンペンをかける場面に釘付けになった、と彼は言った。彼は二番目の離婚で家計が打撃を受けた時に彼女に会ったので、彼女の極度の節約の歌は少しの間彼の耳には快い音楽だった。結婚式の時、彼の中に見たものは何かと友達に尋ねられ――その時彼は十分に適切な質問であると認めたのだが――彼は面白い人だと思う、と彼女は答えた。

彼は歩き回っているウエイターの一人に二つコーヒーを注文し、しばらくの間、私たちは陰になった隔離された場所から浜辺の人々を眺め、彼らのむき出しの体は暑さの靄(もや)で染みがついていたので、何故か原始的に見え、彼らは横になったり、海岸に沿って半分裸でゆっくりと動いていた。誰かと結婚するのにそれはそんなに悪い理由ではないように思われる、と私が言うと、彼は幾分陰気そうに海を見た。彼らは会った時ほとんど四十だったのに、彼女は人生の肉体的な側面をまったく何も知らなかった、と彼は言った。二番目の妻のずるい誘惑の後では、彼女の純真さと飾り気のなさが彼を惹きつけたが、実際、彼女はまったく恋愛感情のない、まったく性のない女性で、それまで彼女が送ってきた尼僧のような生活は――そして彼が知る限り、二人が別れた時に再開したのだが――機会がなかったことの結果ではなく、彼女の性質の正確な反映だった。彼らの結婚の性的な側面はまったくひどいもので、いったん子供をもうけると、彼らはほとんどすぐにそうなったのだが、彼女は何故さらに性的な関係を持つ必要があるのか、まったく理解できなかった。それは彼にとって打撃であり、未然に防ごうと彼は努力したのだが、ある夜、自分には明らかに面白くなく、理解できないように思われる行為に参加することを彼が要求するのをこれから何回予期しなければならないのか、と彼女はとても率直に尋ね、その後、彼はがっかりしてしまった。

でも、彼が結婚したこの女性は彼との異なる種類の関係を初めてほんの少しだけ見ただけであったが、彼女は本当に異なる種類の、彼が注意を払ったこともない信念に基づく生活を送ってきたことを彼は認めた。彼女の信念は、礼儀正しさ、平等、美徳、名誉、自己犠牲それにもちろん倹約であった。彼女は大変常識があり、規律や日課や家庭経営を確実に掌握し、彼の会計も健康も何年もの間そうであったよりも、ずっと調子が良いことに彼は気づいた。彼らの家庭は穏やかでよく管理され、大切にされた信念が予想される家庭であったが、それは彼がいつも積極的に避けてきたもの、恐れてきたものとほとんど言えるようなものだった。彼女は彼の母親を思い出させ、実際、彼女は自分のことを「お母さん」と呼ぶことを期待し、彼女は同じように彼を「お父さん」と呼ぶことがわかった。というのは彼女の両親はいつもそんな風に呼び合い、それが彼女が知っているすべてだったから彼、それでも、それは別の命を縮めるもととなるものだったが、それでも、彼女は搾取的でも、愚かでも、利己的でもないことを、彼は認めなければならなかった。彼女は、彼にとっては子供たちの一人だが、彼らの息子の素晴らしい母親だったし、今でもそうである——彼はまた認めなければならないのだが——彼らの息子は安定して、分別があると言えた。彼女は離婚訴訟で彼を破滅させようとはせず、そうではなくて、起こったことの自分の責任を受け入れ、それで、彼ら自身と子供にとって物事を取り決める最上の方法を一緒に練り上げることができた。私の人生の理解は、ある意味で非常に敵対的であったことに気づきました、と彼は言った。私にとっては、男と女の物語は、結局は戦いの物語でした。時々平和の恐怖を感じるのではないか思うのではないか、それはまた死それ自体の恐怖と言えるかもしれない倦怠の恐怖から物事を掻き立てようとするのではないかと思う程度までに。あなたに初めて会った時、私は愛を——男性と女性の間の愛を——幸福を生み出す大きなものと思っている、と言いましたが、それはまた利害を生み出すものでもあります。それは多分物語の筋と呼ぶものなのでしょう——彼は微笑んだ——それで、私の三度目の妻は美徳をたくさん持っていましたが、物語のない人生は、結局、私が生きられる人生ではないことに気づいたのでした。

短いが目につくためらいの後で、私が金を払うという申し出を断って彼が勘定を払い、私たちは立ち上がってその場を去った。車の中で、彼は午前中のクラスはどうだったかと尋ね、私は私を攻撃した女性について、――授業時間中ずっと――彼女の増していく憤りと怒りを私が感じていて、彼女はある時点で攻撃するだろうとますます確かに思ったことを話している自分に気づいた。私が彼女の激しい非難の詳細を伝えている時、彼は暗い表情で聞いていたが、最悪な面は非人間的な要素で、それは、彼女が言わば私に注目している間でさえ、自分はつまらないもので取るに足らない人間であると私に感じさせた、と私は言った。自分がさらされていると同時に、否定されているというこの感覚は、私に特に強い影響を与えたように思う、と私は言った。それは厳密に言って存在しないものを要約するように思われた。私たちがマリーナに車で行く時、彼はしばらくの間黙っていた。彼は車を止め、エンジンを切った。

「今朝家で」と彼は言った。「家の台所で一杯のオレンジジュースを作っていて、突然、あなたに何か悪いことが起こるという非常に強い予感を感じました」彼はバックミラー越しにギラギラ光る海をじっと見ていて、そこでは、白い船が上下に動いていた。「私はとても驚くべきことだと思います」と彼は言った。「私が受けたこのとてもはっきりした兆候は。私は時計を見たことさえ覚えています。それはまさに私があなたに今日もまた船で出たいかどうか尋ねるメッセージを送った時刻に違いありませんでした。間違っていないでしょうか？」私は微笑み、その通りで、多かれ少なかれ、丁度その時に彼のメッセージを受け取った、と言った。「それはとてもまれなことです」と彼は言った。「非常に強いつながりです」

彼は車から出て、私は彼が少しよたよたした足取りで海の縁に歩いていくのを見ていたが、そこで、彼はかがんで、水の滴るロープを引き出した。私たちは前の日の手順を繰り返し、私は待っていて、その間、彼はデッキでものを準備し、それから礼儀正しくパドドゥをして、私たちの手の間にロープを通して、場所を変えた。すべてが終わると、彼はエンジンをかけ、私たちは、船の停泊所から、波止場の中心と埃の中の輝く金属の野原のように見え、暗い窓で太陽がきらめいている駐車場から離れてゆっくりと進んで行った。私たちは今度は前の日のようにそれほど速く行かなかった。思いやりからか、自分の力をすでに示したので、隣の人は今はエネルギーを保持しているからなのか、私にはわからなかった。私は彼の裸の背中をまた目の前にしてパッドが入っているベンチに座って、風がデッキをこすって磨き、雲の塊のように、しばらくの間太陽を覆い隠し、それからさりげなく太陽を見せる、時には不吉で灰色で、時には単なる不思議な形のように、魅力的だと思い、それから幻滅し、また元に戻る奇妙な心の変化の感覚が私たちの人間関係に漂うのを感じた。隣の人はエンジンの音よりも大きな声で私たちはスニオンの岬と神殿を通っているところだが、ギリシャの神話では、テセウスの父親が、息子の船が誤って息子の死を知らせる黒い帆を掲げて陸に戻るのを見て、断崖から身を投げたのだ、と後ろにいる私に叫んだ。私は眺め、陸が転落して海と交わる直前の丘の頂上の小さい壊れた王冠のような廃墟になった神殿を遠くに見た。

私たちが入り江に近づき、スピードを落とし始めた時、紛らわしいメッセージは残酷なプロットの技法だが、時には同じようなことが現実の人生にも起こるだろう、と隣の人は続けた。彼自身の兄は、数年前に亡くなった愛しく気前の良い人だったが、友達が昼食に来るのを待っている間に心臓発作に襲われた。彼は友達に――その上その人は医者だったのだが――間違った住所を渡していた。というのは、彼は新しいアパートに移ったばかりで、細かいことをまだ覚えていなかったからだった。そしてそれで、友達が街の反対側の似たような名前の通りで彼を探している間に、彼は台所の床に横たわり、彼の命は薄れていったが、さらに、友達が遅れずに到着したなら、明らかに簡単に救われた命だった。彼の兄の世捨て人のスイスの百万長者はこうしたことに複雑な警報装置のシステムをアパートに設置して対応した。というのは、彼は自分の住所を忘れるような人ではなかったが、また、まったく友達がおらず、けちで、生涯昼食の客などいなかったからだった。そして本当に、心臓発作が起こった時――彼らの家族の病歴がその可能性を示唆していたのだが

――彼は一番近くの緊急ボタンをただ押すと、数分の間にヘリコプターでジュネーブの最高の心臓専門科に連れて行かれた。時々、――そして彼はテセウスの父親のことを考えていたのだが――否定を答えとして受け取らないことはほとんど信条と同じくらい良い、と彼は言った。

逆に、私は消極性の、自分の意志によってできるだけ目立たない生活を送る長所がますます良いと思うようになった、と言った。人は一生懸命努力すれば、何でも起こすことができるが、努力は――私には思われるのだが――ほとんど流れを横切るサインで、出来事を自然には行きたくない方向へ無理に行かせ、ある程度自然に逆らって行かなければ、何事も成し遂げられないと言うかもしれないが、この考え方の不自然さとその結果は――遠慮なく言えば――私にとっては嫌なものになった。私が望むことと私が実際持てることには大きな違いがあり、私がやっとそして永久にその事実と折り合いをつけるまでは、私は何も望まないことに決めたのだ、と私は言った。

隣の人はかなり長い間黙っていた。彼は、岩に海鳥が立ち、水がそれが入ってくる入り口で渦を巻いている人気のない入り江へと船を操縦し、それから、区画室から錨を取り出した。彼は私の上に身を傾けて、脇から錨を投げ、錨が海底に静止したと感じるまでゆっくりと鎖を繰り出した。

「誰もここに来たことがないのでしょうか?」と彼は尋ねた。

誰か来たことがある、と私は言った。私たちはまだとても良い友達だった。でも、私はそれを続けたくはなかった。私はこの世で違った生き方を見つけようと努力していたのだった。

今私たちは止まったので、暑さが強烈になった。太陽が私が座っている詰め物をしたベンチに直接に降り注ぎ、陰になっている小さい部分は天蓋の下だけで、そこに隣の人は腕組みをして、船の脇にもたれて立っていた。私が行ってそこに彼と一緒に立つことは気まずいことだっただろう。私は背中の肌が焼けているように感じた。丁度その時、彼が動いたが、それは単に錨を入れていた区画室の蓋を元に戻すためで、彼は元の場所に戻った。彼は私がまだひどく苦しんでいることがわかる、と言った。私と一緒にいて、彼は長い年月考えてみなかった自分の人生の出来事を思い出し、そうした感情を少しまた味わった。彼の最初の結婚は大きな家族のパーティーを行った日に本当に終わりになった、と彼は言った。それは両方の親戚がすべて招待され、アテネの郊外の彼らの家で、みんなを収容するのに十分なほど大きくて豪華な家で行った昼食パーティーだった。パーティーは成功して、すべてのものが食べられ、飲まれ、片づけられて、客はやっと去り、隣の人は疲れ果て、昼寝をするためにソファーに横になった。妻は台所で最後の皿を洗っていて、子供たちはどこか外で遊んでいて、テレビではクリケットの試合がゆっくりと進んでいた。そしてこの家庭的な満足の場面の真ったただ中で、隣の人は深い眠りに落ちた。

一瞬、彼は黙り、船の脇にもたれて、血管の浮き出した肉感的な白い毛が生えた腕を胸のところで組んでいた。

「私は思うのです」と彼は間もなくまた話し始めた。「その時妻がしたことは前もって計画されたことであり、彼女は私がそこに横になっているのを見て、不意をついて私から無理に告白を引き出そうとしたと。彼女はソファーのところに来て、私の肩を揺すって、深い眠りから私を目覚めさせ、私が自分がどこにいるかわかり、考える間がある前に、彼女は私が浮気をしているかどうか尋ねたのです。狼狽して、結局私は十分にそうでないふりをすることができず、そのことを実際認めたとは思いませんが、彼女の疑いを立証する疑いの余地を十分に残してしまったのです。そしてそこで」と彼は言った。「私たちの結婚を終わらせる口論が始まり、そしてその後間もなく、私は家を出なければなりませんでした。私はまだ彼女のことを許していないことがわかります」と彼は言った。「彼女がすでにあらかじめ考えをまとめたことを引き出すために攻撃を受けやすい瞬間を故意に用いたやり方のために。そのことを考えるとまだ」と彼は言った。「私は腹が立ち、そして実際、それは、その後に起こったことすべてを、彼女のもっともな憤りを、そして私たちの状況の責任を少しでも受け入れることを彼女が拒否したことを、そして私たちの離婚の間に彼女が私を扱った過酷なやり方を正当化したのです。そしてもちろん、誰も」と彼は言った。「ただ私を昼寝から起こしたことで彼女が悪いとは言わないでしょうが、私を起こす理由はありませんし、私は何時間も眠ったことでしょう。でも、彼女のひどい悪意の原因となったのはまさにこの寛大でない行為であったと私は信じています。というのは、まるで自分たちの無実をどんな犠牲を払っても相手に要求するかのように、人々は自分たちが寛大でない時に一番人を許すようなことをしないからです」

もしそれが告白なら、私はその告白を黙って聞いていた。私は自分が彼に失望したのに気づき、そしてこの発見は、初めて彼のことを恐ろしいと思わせた。それを少し利己的な非難と思う人がいるかもしれません、と私は言った。少なくとも、彼女はあなたを目覚めさせたのです。彼女はその時、そこで、あなたを死ぬまでこん棒で殴ったかもしれないのです。

「それは何でもないことでした」とこちらに手を振りながら彼は言った。「ほんの愚かなこと、直ぐに終わってしまったオフィスでの浮気でした」

彼がそう言った時、露骨な自責の表情が彼の顔をよぎったので、私はまるでソファーでの場面が何年も後に私の目の前でまた演じられるかのように感じた。彼はひどい嘘つきであることがわかり、私は彼の妻に、子供たちの母親に同情しないのは難しい、と言ったが、それは明らかに彼の話に対する彼の望む反応ではなかった。彼は肩をすくめた。結婚が――結局彼らがまだ十代の時に婚約で始まった頃はよかったが――退屈ではないとしても、麻痺した状態になるまで気楽になってしまった事実にどうして彼が全責任を負わなければならないのか？　もし結果がどのようなものになるかわかっていたら――彼の声が小さくなって消えた。その時でさえ、その種のことは避けられなかっただろう、と彼は認めた。彼の秘密の恋は取るに足らないものであったが、遠くから見える街の明かりのように彼を招き寄せた。彼はその特定の女性に惹かれたのではなく、情事による興奮に惹かれたのだった。彼のことを知らない人と情事をすることは――遠くから彼が言ったように――大きく、明るく彼を歓迎し、妻やその前は両親や兄弟姉妹や叔父や叔母がすっかりよく、だが制限されて知っていた自分から自由になれるために面白かったのだ。彼は実存的に自由だが、やがてその新しい女は彼のことを知り、多分彼はその女と別れ、新しい女を見つけ、また繰り返しただろう。その明るい世界を求めたのは彼らが知っている自分から自由になるためであり、その世界は若い頃は実際よりもっと広いと信じる間違いをしたことを彼は認めた。彼は女性との関係では数えきれないほど幻滅してきた。だが、その感情の一部は――アイデンティティの復活でもある興奮の感情は――恋に落ちる彼のすべての経験に伴ってきた。そして結局、起こったことすべてにもかかわらず、そうしたものは彼の人生で最も抑えがたい瞬間であった。

私はどうして彼は幻滅と彼が私に話した情報の関係を見ることができないのか不思議に思うと言った。もし彼が自分の知らないものだけを愛し、同じ基準でお返しに愛されるなら、情報は冷酷な幻滅となり、それを治すには新しい人と恋をするだけだ。沈黙があった。彼はそこに立ち、急に白髪が目立って老けて見え、毛深い腕を腹のところで組み、水泳パンツが脚の間でたるみ、彼の鳥のような顔はいぶかしげな表情にほとんど固定していた。きらめく海とギラギラ光る太陽の中で沈黙が続いた。私は船の両側に吹き込む水の音や岩の上のカモメの耳障りな叫び声や本土から来るエンジンの微かな音に気づいた。隣の人は、顎を上げ、目で水平線を探しながら、頭を上げて海を見た。彼の態度には、俳優があまりにも有名なセリフを言おうとするかのような、堅苦しさ、自意識があった。

「私は自問していたのです」と彼が言った。「何故私があなたにそれほど惹きつけられたのか」

彼はとても重々しく言ったので、私は大声で笑わずにはいられなかった。そのため彼は驚き、幾分困惑したように見えたが、それでも彼は私の方へ、日陰から出て太陽の中に、先史時代の動物が洞窟から出てくるように、重々しく、だが容赦なくやって来た。彼はかがんで、私の足元の冷蔵箱の周りを不器用に動き、脇から私を抱こうとして、片腕を私の肩に置き、彼の顔を私の顔に接触させようとした。私は彼の息の臭いを嗅ぎ、彼のもじゃもじゃの眉毛が私の肌に軽く触れるのを感じた。大きな彼の鷲鼻が私の視界の縁に現れ、白い毛の生えた鉤爪のような手が私の肩に手探りで触れた。私は、まるで先史時代の動物が乾いた蝙蝠のような羽で私を包むかのように、自分が彼の灰色と乾燥で包まれるのを感じ、乾いてガサガサした彼の口が、それが目指すものを逃して、やみくもに私の頬の上を動くのを感じた。こうしたことの間中ずっと、私は前方の舵輪をまっすぐに見つめながら、こわばって、じっとしていたが、やっと彼は日陰へと引き下がった。

私は陽光を避けて、海に行く必要がある、と言い、彼は黙って頷いた。私は脇から飛び込み、入り江を横切って泳ぎ、前回そこにいた船の家族を思い出して、自分が彼らに対して奇妙な痛み、ほとんど恋しい思いを感じ、それは私自身の子供たちを思いこがれる感情になり、彼らは突然存在していることとさえ信じられないほど、遠くに行ってしまったように思われた。私はできる限り長く泳いだが、結局船に戻り、ゆっくりと梯子を登った。隣の人は何か夢中で仕事をしていて、脇に沿って伸びているブイのついた細いロープをほどき、調整していた。私は陽光で痛む肩をタオルで包んで、水を滴らせてデッキに立ち、彼を眺めていた。彼は懐中ナイフ、長い隆起した刃のある大きな赤いスイス陸軍のナイフを持ち、目的意識を持って、ロープからすり切れた端を切り取って、彼が切る時に、彼の太い腕の上部が丸くなった。私が見ていると、彼はロープをもう一度結んで、それから手にまだナイフを持って、私の方へデッキを歩いてきた。楽しく泳げましたか、と彼は尋ねた。

ええ、と私は言った。こんなに美しいところにわざわざ連れて来てくださって、有難うございます、と私は言った。でも、私は、今は、そして多分ずっとどの男の人との関係にも興味がないことを理解していただかなければなりません、と私は言った。私が話している間、太陽が私の顔に不快に打ち付けた。すべての中で最も尊重するのは友情です、と私は言い、その間、彼が違った刃を素早く出したりしまったりして手の中のナイフで遊んでいた。私は彼の指の中で鋼鉄の刃が現れたり、消えたりするのを見ていたが、それぞれがはっきりした形で、そのいくつかは長くて細くて鋭く、他のものは奇妙に突き出ていて、角状だった。そしてもしよかったら、もう多分戻るべきだ、と私は言った。

ゆっくりと彼は頭を下げた。もちろん、と彼は言った。自分にもまたしなければならないことがあります。ちょっと体を冷やしてくるまで、待ってください。それから出かけましょう。彼が力強い長続きしないクロールで跡をつけて泳いでいる間、彼の電話がデッキのどこかで鳴った。電話が鳴っている間、私は陽光の下に座って、鳴るのが止むのを待っていた。

Ⅷ

私の友達のエレナはとても美しかった。ライアンは有頂天になっていた。彼は前もって通りをゆっくり歩き、バーに座っている私たちをひそかに見ていたのだった。彼女が中座して電話をかけに行った時、彼女は違ったレベルだ、と彼は言った。エレナは三十六歳で、頭がよく、優美な服装をしていた。彼女はまったく別問題だ、と彼は言った。

バーは、テーブルや椅子が平らでない歩道の上で傾き、ぐらつくほど急な狭い横道にあった。私は丁度観光客の女性が、プランターの中へ後ろに倒れたのを見たところだった。彼女のショッピングバッグやガイドブックが、彼女の側面にすべて飛び散り、その間彼女の夫は、明らかに心配するというよりも当惑して、驚いて椅子に座っていた。彼は首に双眼鏡をかけて、妻が乾いて尖った緑の木を激しく打った時、履いたハイキング用の靴はテーブルの下にきちんと押し込まれたままだった。やっと、彼は妻が後ろに下がるのを助けるためにテーブル越しに腕を伸ばしたが、彼女には届かず、それで彼女は自分だけで苦労して出なければならなかった。

私はライアンに今日何をしたのか尋ね、彼は一つか二つ博物館に行き、それから市場をぶらぶらして午後を過ごしたが、正直に言うと、彼は少し最悪な格好をしてきた、と言った。彼は若い学生の何人かと遅くまで夜を過ごした。彼らは彼を何軒ものバーに連れて行き、それぞれが次の店から歩いてたっぷり四十分かかった。僕は自分の年を感じたよ、と彼は言った。僕は飲みたかっただけで――どこで飲むか、どんな風に飲むかはあまり気にしなかったが、唇の形をしたソファーから落ちて飲むために、町の反対側まで歩いて行く必要は確かになかった。でも、彼らは十分に良い連中だ、と彼は言った。彼らはギリシャ語の数語の言葉を彼に教えてくれた――彼の発音はそのままなので、そのために彼がどの程度変わったか確かではないが、それでも、言葉の面で物事を意識するのは面白かった。彼はどんなに多くの英語の意味がギリシャ語の複合語から来ているか気づかなかった。例えば、省略(エリプシス)という言葉は文字通り「沈黙の陰に隠れる」と訳すことができると言われた。本当に興味深いことだ、と彼は言った。

エレナは戻ってきて、また座った。今晩の彼女の外見は特にローレライのようだった。彼女はまったく曲線と起伏でできているように思われた。

「私の友達が間もなく私たちと落ち合うでしょう」と彼女は言った。「ここからそう遠くないところで」

ライアンは眉を上げた。

「君たち二人はどこかに行くの？」

「私たちはメレテーに会うのよ」とエレナが言った。

「あなたはその名前をご存じでしょう？　彼女はギリシャの卓越したレズビアンの詩人の一人よ」

ライアンは実際疲れている、と言った。彼は私たちにそれを任せなければならないかもしれない。言ったように、彼は夜更かしした。そしてそれから、午前三時にアパートに戻ると、カブトムシのような羽のある大きな生き物が部屋中を飛び回っていて、彼の靴でそれらを全部強打して殺さなければならなかった。誰かが――自分ではないが――明かりをつけ、窓を開けたままにしておいた。それでも、この厄介者を進んで虐殺したことをどんなに気にしていないかに彼は感心した。もっと若かった時には、彼はひどく怯えたことだろう。親になることで勇敢になるんだ、と彼は言った。あるいは多分、それは単に臆病ではなくなるということかもしれない。彼は昨夜二十代の人たちと付き合ってそれを感じたのだった。彼らがどんなに肉体的に臆病か彼は忘れていた。

暑い夕闇が素早く降りて、直ぐに狭い通りは闇に包まれてしまった。ハイキング用の靴を履いた男とその妻はすでにいなくなっていた。ライアンの電話が鳴って、彼は取り上げ、私たちに画面に表示されているニコニコ笑う歯のない子供を見せた。きっと就寝時間だ、と彼は言った。皆さん、また会いましょう。彼は立ち上がって、手を振り、電話で話しながら、丘を下って去って行った。エレナはオフィスの彼女のクレジットカードで支払いをした——彼女は出版社の編集者で、厳密に言って、私たちの会合は仕事だと考えられる、と言った——そして、私たちは本通りの明かりと騒音の方へと歩いていった。彼女はハイヒールのサンダルを履いて、私のそばを素早く軽い足取りで歩いた。彼女の服は、長いウエーブした髪と同色の濃い金色のニット素材のシフトドレスだった。私たちが通り過ぎる男たちはみな次々と彼女を見た。私たちはコロナキ広場を横切り、そこにはベンチの上に身を寄せ合って横になっている一人か二人の暗い人影以外は誰もいなかった。一人の女性が低いコンクリートの塀の一つに座り、彼女の脚は奇妙に乾いた泥でまみれていたのだが、袋からクラッカーを食べていた。小さい男の子が彼女のそばのキオスクのところに立ち、棒状のチョコレートを見ていた。私たちは路地を歩き、四方にあるレストランのテラスに詰め込まれた人々の話し声でいっぱいの混雑した小さい広場に出たが、人々の顔は闇の中で電気の光でギラギラ輝いていた。暑さと騒音と闇の中の電気は、絶えず砕ける波のような変わらない興奮の雰囲気を作り出していた。そして、レストランはどれも見分けがつかなかったけれど、エレナは数軒を通り過ぎた後で、一軒の前できっぱりと立ち止まった。ここがその場所だわ、と彼女は言った。メレテーは私たちがテーブルを確保して、そこで彼女を待つように言っていたのだ。彼女はテーブルの間を縫うように進み、ウエイターに話しかけたが、彼は警官のような厳しい表情でそこに立ち、彼女が話している間頭を振った。

「彼は満席だと言っているわ」と彼女はがっかりして、両腕を脇に垂らして言った。

彼女の失望は強烈だったので、彼女は動かず、テーブルの間に立ったままで、テーブルを譲るのを望むかのようにじっと見ていた。この行動を見たウエイターは気が変わったように見えた。喜んで座りたければ――エレナが訳した――向こうの隅に場所がある、と彼は言った。彼はテーブルに案内し、エレナは、結局そこを断るかもしれないように、念入りに調べた。少し壁に近すぎるわ、と彼女は私に言った。ここで大丈夫だと思う？　私は壁の隣に座っても気にならない、と言った。もしそれがよければ、あなたはもっと離れたところに座ればいいわ。

「何故そんな黒っぽい服を着るの？」と私たちが座ると、彼女は私に言った。「私にはわからないわ。私は暑い時には明るいものを着るのよ。それに、少し日焼けしているように見える」と彼女は付け加えた。「肩の間、丁度そこ、肌が焼けているわ」

私は日焼け止めクリームを背中に塗るのを頼むほどよく知らない人と午後を船で過ごしたことを彼女に話した。彼女はその人は誰かと、尋ねた。それは男の人？

そう、私は言った。飛行機で会って、話すようになった男の人よ。エレナの目が驚いて大きくなった。

「まったく知らない人と船で出かけるなんてあり得ることだとは思われないわ」と彼女は言った。「彼はどんな人？　彼のことが好きなの？」

私は目を閉じて隣の人に対する私の感情を呼び起こそうとした。私がまた目を開けると、エレナはまだ私を見て、待っていた。私は物事を好きか好きでないかという点から考えることにとても不慣れになったので、彼女の質問には答えられない、と私は言った。隣の人は、私が絶対的な相反する感情しか感じられないものの完璧な良い例に過ぎなかった。

「でも、あなたは彼に船で連れ出させたのでしょう」と彼女は言った。

とても暑かった、と私は言った。そして、私たちが港を出た時の関係は、厳密に言って——あるいは私はそう思っていたのだが——友人の関係だった。私たちが遙か沖に錨を下した時、彼が私にキスしようとしたことを説明した。彼は年取っていて、彼を醜いと言うのは残酷だが、私は肉体的接近に驚いたと同時にまたとても嫌だった。彼がそんなことをするとは思ってもみなかった。あるいはもっと正確に言うと、そのような可能性があると気づかないとは私は馬鹿に違いないと彼女が指摘する以前に、彼はそのようなことをあえてしないだろう、と私は思ったのだった。私たちの間の違いは明らかだと私は思っていたのだが、彼にとってはそうではなかったのだ。
私が彼に事実をはっきりさせたらよかったと思う、とエレナが言った。逆に、私は彼の感情を傷つけない言い訳をいろいろ見つけた、と私は言った。彼女はしばらくの間黙っていた。

「もし」と彼女は間もなく言った。「あなたが彼に本当のことを言ったら、もしねえ、あなたは年取って、背が低く、太っていて、私はあなたが好きだけれど、私が本当にここに来た唯一の理由は、あなたの船に乗りたかったからです——」彼女は笑い始め、メニューで顔をあおいだ——「もしあなたがそういうことを彼に言ったら、お返しに何か本当のことを聞けたでしょう。もし率直な態度を取れば、あなたは率直さを引き出せたでしょう」

彼女自身、まさにこの方法で正直であることによって、男性の性格に対する幻滅の深淵を訪れたことがあった、と彼女は言った。一瞬彼女への愛で死にそうだと主張した男たちが、次の瞬間彼女を公然と侮辱していた。そして、ある意味で、彼女が自分は誰であるか、自分が実際何を望んでいるのかを掴むことができたのは、お互いに率直であるその場所に到達した時だけであった。彼女が我慢できないのはどんな種類でも見せかけであるが、特に欲望の見せかけで、そこでは、実際その人が望むのは一時的に彼女を利用することである時に、誰かが彼女を全面的に所有する必要があるふりをした。彼女自身もまた他人を進んで利用したが、彼らが自分たちの中のその意向を認めた時になって、やっと彼女はそのことに気づいた、と彼女は言った。

エレナに見られずに、狐のような顔のほっそりした女性が、私たちのテーブルに近づいてきた。私はそれがメレテーであると思った。彼女はこっそりとエレナの椅子の後ろにきて、彼女の肩に手を置いた。

「こんにちは」と彼女はギリシャ語で陰気に言った。

彼女は男性用のような黒いチョッキとズボンを身につけていて、短い真っすぐな髪が、二つのつやのある黒い翼のように、彼女の細い内気な尖った顔の両側に下がっていた。

エレナは席で体をよじって、彼女に挨拶した。

「あなたもまた！」と彼女は叫んだ。「そういう黒い服、あなた方二人とも――どうしてあなたたちはいつも黒いものを着るの？」

メレテーはなかなかそれに答えなかった。彼女が空いている椅子に腰かけて深く座り、脚を組み、チョッキのポケットから一箱の煙草を取り出して、一本に火をつけた。

「エレナ」と彼女は言った。「人がどんな風に見えるかについて話すのは失礼だわ。私たちが何を着るかは私たち自身の権利よ」彼女はテーブル越しに手を伸ばして、私と握手した。「今晩ここはうるさいわね」と見回しながら、彼女は言った。「私は聴衆が六人の詩の朗読会に参加してきたところよ。その対比はまったく目立つわ」

彼女はワインのリストをテーブルから取り上げ、それを調べ始めたが、彼女の指で煙草が煙り、彼女の立派な鼻が少しぴくぴく動き、つやのある髪が頬に下がった。

六人の一人は、と彼女は見上げて付け加えた。彼女が公に出演する会にほとんどいつも来て、最前列に座り、彼女に対して嫌な顔をするのだった。それはここ数年間続いていた。アテネだけでなく、遠く離れた他の街で、彼女が演台から見上げると、そこに彼女の真ん前に彼がいて、舌を突き出したり、失礼な身振りをするのだった。

「でも、彼のことを知っているの？」驚いて、エレナが言った。「彼と話したことはあるの？」

「私は彼を教えたわ」とメレテーは言った。「ずっと前に私が大学で講義した時、彼は私の学部生だった」

「それで、あなたは彼に何をしたの？　何故彼はそんな風にあなたを苦しめるの？」

「私は推測しなければならないのだけれど」と重々しく煙草を吹かしながらメレテーは言った。「彼には理由がないのよ。私は彼に何もしなかったわ。彼を教えたことをやっと覚えているだけよ。彼は五十人以上学生のいる私のクラスの一つを取った。私は彼に気づかなかった。言うまでもなく、私は何か特別な出来事を思い出そうとしたけれど、一つもないわ。自分自身の間違いを突きとめるために出来事を遡ろうとして全人生を費やすこともできる」と彼女は言った。「伝説の人々は彼らの不運は、ある神々に酒を捧げなかったことに遡れると思った。でも、別の説明があるわ」と彼女は言った。「それは単に彼の頭が狂っているからよ」

「彼に話しかけようとしたことはある？」エレナが言った。

メレテーはゆっくりと頭を振った。

「言ったように、私は人々を簡単に忘れないのだけれど、彼のことはほとんど覚えていないの。だから、この攻撃は私が最も予想しないところから来たと言えるでしょう。実際、この学生は最も脅迫などしそうもない人だったと言っても間違いではないでしょう」

時々、とメレテーは続けた。この事実が彼の行動を引き起こすものであるように思われた。言い換えれば、彼女の現実感が、それ自体に対する攻撃を引き起こし、その外にいる彼女を馬鹿にし、憎む何かを引き起こした。でも、こうした考えは宗教的な感性に属するもので、私たちの時代には神経症という言葉になっているわ、と彼女は言った。

「私はそれを狂気と呼ぶ方が好きだわ」と彼女は言った。「彼か私自身の。それでその代わりに、私は彼を好きになろうとしてきた。私が見上げると、そこにいつも彼がいて、指を振ったり、舌を突き出したりしている。彼は実際まったく頼もしく、私がこれまで持った恋人よりずっと私に対して忠実だわ。私は彼を愛し返そうとしているの」

彼女はワインのリストを閉じて、ウエイターを呼ぶために指を上げた。エレナはギリシャ語で彼女に何か言い、短い議論が続いて起こり、ウエイターが、途中までそれに参加して、断固としてメレテーの味方をしているように見えたが、エレナが継続して異議を申し立てているのに、不愛想に首を縦に振り、メレテーから注文を取った。

「エレナはワインについては何も知らないのよ」とメレテーは私に言った。

エレナはそう言われて怒っているようには見えなかった。彼女はメレテーの迫害者の話題に戻った。

「あなたが説明したことは」と彼女は言った。「完全な服従だわ。あなたの敵を愛すべきだというのは明らかに馬鹿げている。それはまったく宗教的な主張だわ。あなたが憎む者とあなたを憎む者を愛すると言うことは、あなたが負けて、虐待を受け入れ、そのことに対して気分がよくなるようにしていることを認めることと同じよ。そして、彼を愛するということは、彼が本当にあなたのことをどう思っているか知りたくないということと同じだわ。もし彼に話しかければ」と彼女は言った。「あなたはわかるでしょう」

私は他のテーブルと隣接するテラスのテーブルに向かっている人々を見たが、すべてぎっしりと満席だったので、広場全体が会話で燃え立っているようだった。あちこちで乞食が話している人々の間を歩き、人々はしばしばゆっくり乞食がそこにいるのに気づき、それから何か与えるか、追い払った。数回それが繰り返されるのを私は見たが、幽霊のような人が、何もかも忘れて食べたり、話したり、生きることに夢中になっている人の椅子の後ろに気づかれずに立っていた。非常に小さい干からびた頭巾を冠った女性が、私たちのテーブルの近くを歩いていて、間もなく、ぶつぶつ言いながら、小さい鉤爪のような手を差し伸ばして、私たちのテーブルに近づいてきた。私はメレテーが何枚か硬貨を彼女の手のひらに置き、数語言葉をかけ、優しく指を撫でるのを見ていた。

「彼が何を思っているかは問題ではないわ」と彼女は続けた。「もし彼が何を思っているかもっとわかったら、私自身で彼を混乱させ始めるかもしれない。そして、私は詩の一節を誰か他の人の詩から作らないように、他の人の考えから自分自身を組み立てることはないわ」

「でも、彼にとってはそれはゲームであり、空想なのよ」とエレナは言った。「男性はゲームをするのが好きだわ。そして、相手の正直さを恐れる。何故なら、そうすると、ゲームが台無しになるから。男性に対して正直ではないことによって、彼のゲームを続けさせ、空想の中に生きさせるのよ」

彼女の意見を証明するかのように、テーブルの上で私の電話が鳴った。それは飛行機で隣の席だった人からのメッセージで、あなたがいなくて寂しい、と書かれていた。

自分自身そしてお互いについての人々の空想を超えた時にだけ、物事が本当の価値を帯び、そう見えるようなものである現実のレベルに接近する、とエレナは続けた。真実のいくつかは確かに醜いが、他のものはそうではない。最悪なのは、他の面が隠されて存在している時に、人の一面を扱うことのように彼女には思われた。人の性格に嫌な面があるのなら、彼女は直ぐにそれに接触して、直面したかった。彼女はそれが関係の後背地を気づかれずに歩き回ってほしくなかった。彼女が後ろを向いている時に、それに攻撃されないように、それを引き起こし、取り出したかったのだ。

メレテーは笑った。「あなたの論理によると」と彼女は言った。「人間関係はまったく存在することはないわ。お互いにしつこく付きまとう人々しかあり得ない」

ウエイターが、ワインを、小さいラベルの貼られていないインク色の瓶を持ってきて、メレテーは注ぎ始めた。

「本当だわ」とエレナは言った。「私自身の挑発の必要性は他の人には理解するのが難しいと思われるものであることは。それでも、私にとっては、それはいつも完全に道理にかなったことなの。でも、それは、ほとんどすべての私の関係を終わらせてしまったことを認めるわ。何故なら、終わりもまた、あなたの言う同じ論理で、私が挑発するように駆り立てられると感じるものだから。言い換えれば、関係が終わろうとするなら、私はできるだけ直ぐにそれを知って、それと向き合いたい。時々、その過程は非常に速いので、関係は始まるとほとんど直ぐに終わってしまう。とてもよく私は、私の関係には物語がない、と感じてきたけれど、その理由は、最後の章で何が起こるか見つけるために本のページをよくめくったように、私は自分の前に飛んでしまうからだわ。私は直ぐにあらゆることを知りたいの。私は時間をかけて生きることなく内容を知りたいのよ」

自分が今付き合っている人は、と彼女は言った――コンスタンティンという男で――彼女の人生で初めて自分の中のこうした傾向を恐れる原因を与えたが、その理由は、正直に言えば、彼女が経験したどの男とも違って、彼女が彼を自分と同等だと思ったからだった。彼は頭がよく、ハンサムで、面白く、インテリだった。彼女は彼のそばにいることを好み、彼が与える彼女自身のイメージを好んだ。そして、彼は自分自身の道徳観や意見を持った人だったので、――前に言ったように、彼女は初めて――彼の周りにある種の境界線を、誰も言わなかったが、超えるべきではないことは明らかな境界線を感じた。その線、境界線は、明らかに他のどの男の中にも出会わなかったもので、男たちの防御は空想とごまかしからやっつけ仕事で仕上げたもので、誰も――中でも彼ら自身が一番――彼女が突破したいと思うことを責められなかった。それで、彼女はコンスタンティンの周りに禁止の感覚、彼女が彼の家に侵入して、彼のものを盗むと思っているかのように、彼女が彼の真実を求めて自分を襲撃すると彼が思っている感覚を感じるだけでなく、そのために彼を愛したまさにそのもの、自分と彼が同等であるということを彼女は実際恐れるようになったのだった。

それ故、他のどの男からも素早く取り上げられた武器、彼女を傷つける力はまだ彼が握ったままだった。最近、彼女がコンスタンティンを連れて行って、友人の多くに紹介したパーティーで、彼女は彼を自分の社交界で見せびらかし、友人たちの目を通して彼のハンサムなところや機知や高潔さを見る感覚を楽しんでいた――そして逆も同じだった。何故ならそれは芸術家と彼女の世界の興味深い人々の集まりだったからだった――そして、彼女は、知ってはいるがあまり好きでない女性、ヤンナという女性と彼の会話を少し盗み聞きし始めた。彼女が盗み聞きする誘惑に負けたのは、ヤンナに対する悪意からでもあった。彼女はコンスタンティンが話すのを聞き、エレナのボーイフレンドの知性と美貌に対するヤンナの嫉妬を想像したかった。ヤンナはコンスタンティンの子供たちについて、前の結婚で彼には二人子供がいたのだが、尋ねていた。そしてそれから、エレナが聞いている間に、まったくさりげなくヤンナはもっと子供がほしいかと彼に尋ねた。いや、と彼は言い、一方、聞いていたエレナは四方からナイフで突き刺されたかのように感じた。いや、もう子供はほしくない。このままの状況で幸せなのだ。

彼女はグラスを唇に持っていき、手が震えていた。

「私たちは」と彼女は静かに続けた。「子供の問題を話し合ったことはなかったけれど、私にとっては、それは未決定のままで、私が子供をほしいと思うかもしれないということはわかりきったことなの。突然、私が幸せだと感じて、楽しんでいたパーティーが、苦痛になった。私は笑うことも、微笑むことも、ちゃんと誰かに話すこともできなかった。私は立ち去って、一人になりたかったけれど、パーティーが終わるまで、彼とそこにいなければならなかった。そしてもちろん、彼は私が動揺していることに気づき、何がおかしいのか、何度も私に尋ねた。そしてその晩も夜もずっと、彼は何がおかしいのか話すようにと言い続けた。朝に彼は仕事で数日間出かけることになっていた。私は彼に話さなければならない、と彼は言った。私がそんな動揺した状態なのに、飛行場に行って、飛行機に乗ることは彼にはできなかった。でももちろん、彼に話すことは屈辱的だった。何故なら、私に聞かせるつもりもないことをふと耳にしてしまったからで、またその話題それ自体のためでもあり、それは異なったやり方で扱われるべきだった。

「前と同じようにお互いのことをまだ思っていたけれど、それは抜け出すことができない状況のように私には思われた。私はその感覚を感じたの」と彼女は続けた。「それはそれ以来私が感じてきたもので、私たちが議論する度にますます悪くなったけれど、それは私たちが言葉の網にかかって、そうしたすべての糸や結び目に絡まれて、私たちのそれぞれが、何か言える私たちを自由にするものがあるという感覚だったけれど、私たちが話せば話すほど、もっと絡まり、もっと結び目ができた。私たちがお互いに一言いう前の時の単純さを考えている自分に気づいた。それは私が戻りたい時なの」と彼女は言った。「私たちが初めて話そうと口を開く直前の時よ」

私は私たちの隣のテーブルのカップルを、多かれ少なかれ黙り続けて食事をしている男性と女性を眺めた。彼女はまるで盗まれるかもしれないと心配するかのように、ハンドバッグをテーブルの上に自分の皿の前に置いていた。ハンドバッグは二人の間にあり、二人とも時々ちらりとそれを見ていた。

「でも、彼の言ったことを聞いたとコンスタンティンに話したのでしょう?」とメレテーは言った。「その朝、タクシーを待っている間に、あなたは認めたのでしょう?」

「ええ」とエレナは言った。「もちろん、彼は当惑して、それは軽率なコメントで、何も意味しないと言ったわ。そして、私はある意味で彼を信じ、ほっとしたけれど、心の中で思った――どうしてわざわざ話すの? 次の瞬間に取り消せるなら、何故何か言うの? でももちろん、私はそれを取り消してほしかった。そして、今考えても、そのこと全体が少し非現実的に思われる。まるで取り消されたことによって、それが実際起こったことを私はもう確信できないかのように。ともかく」と彼女は続けた。「タクシーが来て、彼は乗り、行ってしまい、私たちは二人ともまた仲良しになったけれど、後で、私は染みの、服全体をダメにしてしまう小さい染みのような、小さいけれど永久的な何かの感覚を感じた――何年も過ぎ、私たちは子供を持ち、でも、誰かが彼に子供がほしいかと尋ねた時、頭を振って、いやと彼が言った様子を決して忘れられない自分を私は想像した。そして、私が彼のプライバシーを侵害し、自分の見つけたことに基づいて彼を判断する可能性のある人間であることを多分思い出した彼を。そう考えると、私は彼から、私たちのアパートから、一緒に過ごした生活から逃げ出し、どこかに、損なわれていない何かの中に自分を隠したいと思ったわ」

沈黙があり、そこに周りのテーブルの物音が絶えず流れ込んだ。私たちは口当たりの柔らかい黒っぽいワインを飲んだが、それはとても柔らかかったので、ほとんど舌の上で感じられなかった。

「昨夜私は夢を見たの」と間もなくメレテーが言った。「夢の中で、私と数人の他の女性が、その中の何人かは私の友達で、何人かは知らない人だったけれど、オペラに入ろうとしていた。でも、私たち全員が出血して、月経の血を流していた。そこ、オペラ劇場の入り口は、一種の修羅場だった。私たちの服には血が付き、靴まで滴り落ちていた。一人の女性の出血が止まる度に、他の人が始まり、女性たちは血の付いたタオルを建物の扉のそばにきちんと積んで置き、積み重ねた山はどんどん大きくなり、他の人々は入るためにそこを通らなければならなかった。彼らは通る時に私たちを見て、ディナージャケットを着て蝶ネクタイを着けた男たちは、ひどい嫌悪感を示して私たちを見た。オペラが始まった。中から音楽が聞こえてきたが、私たちは敷居を越えることができないようだった。私は大きな不安を感じた」とメレテーは言った。「こうしたことすべてが、どうも私の責任であるという不安を。何故なら、最初に血に気づいた、自分の服に血が付いているのに気づいたのは私だったから。それで、私はひどく恥じて、さらにもっと大きな問題を作り出してしまったように思われたの。私には思われるのだけれど」と彼女はエレナに言った。「コンスタンティンについての話は、本当は嫌悪、男と女の間に永久に存在する嫌悪についての話で、あなたは率直と呼ぶものでいつもそれを消そうとしていると私には思われる。率直でなくなると直ぐに、あなたは染みを見て、不完全さを認めざるを得なくなり、恥ずかしくなって、逃げて、隠れたいとだけ思うのだわ」

エレナは金色の頭で頷き、テーブル越しに手を伸ばして、メレテーの指に触れた。

自分が子供だった頃、とメレテーは続けた。彼女はひどい嘔吐の発作に苦しんだ。それは数年間しつこく続くひどく衰弱させる状態だった。発作は、一日のまったく同じ時に、まったく同じ状況で、彼女が学校から母親と継父と一緒に住んでいる家に帰る時間に起こった。もっともなことだが、母親はメレテーの苦しみにひどく悩んだが、それにははっきりした原因がなく、それ故、自分自身の暮らし方に対する、彼女が家庭に入れた男、彼女のただ一人の子供が——まるで信念によるかのように——愛することも認めることさえ拒否した男に対する批判にほかならないように思われた。毎日学校では、メレテーは吐くことを忘れていたが、それから家に帰る時間になると、嘔吐が近づく最初の兆候を、ほとんどまるで地面が足の下で崩れるかのような無重力の感覚を感じるのだった。彼女は不安な状態で家に急いで戻り、いつも母親が午後のおやつを与えるために待っている台所で、異常な嘔吐が始まるのだった。彼女は横になるようにソファーに連れて行かれた。毛布がかけられ、テレビがつけられ、ボウルが彼女のそばに置かれた。そして、メレテーが吐き気を催している間、彼女の母親と継父は、話したり、夕食を食べたりしながら、台所で夕方を一緒に過ごすのだった。母親は彼女を医者や治療士や最後には子供のための精神分析医のところに連れて行ったが、精神分析医は、——請求書を払う大人たちは非常に当惑したのだが——メレテーが楽器を始めるように提案したのだった。彼は彼女が特に演奏したい楽器があるかどうか尋ね、トランペットだと彼女は答えた。それで母親と継父はしぶしぶ彼女にトランペットを買った。今や放課後毎日、嘔吐の可能性に圧倒される代わりに、彼女の前には、金管楽器を吹いて、大きくて野蛮な音を出す見通しがあった。このようにして、欠点のある人間に対する彼女の嫌悪をはっきりと表し、また台所での夕食の差し向かいをうまく妨害したのだが、それは犠牲者の彼女がいないので、二度とまったく同じようには行われなかった。

「最近」と彼女が言った。「トランペットをケースから出して、練習し始めたの。私の小さいアパートで演奏しているわ」彼女は笑った。「野蛮な音をまた出すのは良い気分よ」

丘を下って帰る途中で、モーターバイクを取ってくるためにコロナキ広場に立ち寄らなければならない、とエレナは言った。二人はお互いに親密に暮らしていたので、彼女はメレテーに後ろに乗るように勧めた。二人で乗る余地は十分にあり、それが一番早い方法だ、と彼女は私に言った。彼女は一番年上の女友達のハーミオンとそのようにしてギリシャ中を旅行し、二人は多少のお金と水着と一緒にバイクを島に向かう船に乗せ、汚れた道を下ったところに他に誰も見えない人のいない浜辺を見つけた。ぞっとするような山の斜面を下る時、ハーミオンは彼女にしがみついたが、彼女たちはこれまで落ちたことがなかった、と彼女は言った。振り返って見ると、それは彼女の人生で最高の時であったが、その時、彼女たちは前奏曲の感覚、まるで生きる本当のドラマが始まるのを待っているかのような、待つ期間の感覚を持っていた。今はコンスタンティンと一緒にいるので、そうした時は多かれ少なかれ過ぎてしまった。彼女はどうしてだかわからなかった。何故なら、彼は彼女がハーミオンと旅行に行くのを止めないだろうし、実際彼はそれを好んだだろうから。現代の男たちは、自分たちからの独立を相手が示した時、それをいつも好むように。でも、汚れた道を驀進し、その終わりには何を見つけるかわからない、そうした若い娘にまたなろうとすることは、どういう訳か偽物、複写のように感じられるだろう、と彼女は言った。

IX

宿題は動物が入っている話を書くことだったが、学生全員が完成した訳ではなかった。クリストスは前の晩にリンディ・ホップにダンスに行こうと彼らを誘った。遅くなって、ひどく疲れる夜だったが、クリストス自身は影響を受けていなかった。彼は腕を組み、誇り高く、生き生きとして、驚いたように大きい声で笑い、その晩彼らが観察した出来事について笑顔で話した。彼は話を書くために朝早く起きた、と言ったが、彼の選んだテーマに動物を持ち込むのは難しいことに気づいた。彼のテーマは、宗教的指導者の偽善と著名な評論家が彼らに適切な精査を受けさせないことだった。もし我々の時代の知識人がやり方を示さなければ、普通の人々が政治に興味を持つだろうか？　ところで、これは彼と彼の親しい友達のマリアの意見が合わないものだった。彼女は説得という考え方の支持者だった。人々に無理に不愉快な真実に気づかせるのは、時々利益よりも害を与える、と彼女は言った。人を説得しなければならないが、風景の中をさっと飛び、姿を現すが、着地しない燕のように直接的にしてはならない、と彼女は言った。

それで、彼は最近の公の論議での二人の正統派の司教の恥ずべき行為に関する彼の話に動物を入れようと苦戦した、とクリストスは言った。だがそれから、それは私が意図しているものではないかもしれないと、彼は思いついた。言い換えれば、私は彼が自然に行きがちな方向へ彼が行くのを妨げて、別の道を選ばせる障害物を彼に示したかったのだろう。だが、どんなに努力しても、動物がいる権利のない公共の建物の会議室に動物を入れる方法をどうしても思いつかなかった。それに、母親がダイニングに出入りして、彼の邪魔をした。その部屋は彼らの小さいアパートで一番使われない部屋で、従って、彼が覚えている限りいつもそこにあったマホガニーの古いテーブルのいたるところに本や書類を広げて、彼は普通はそこで勉強した。だが、今日は、母親は彼のものを片づけるようにと言った。何人かの家族が晩餐会に来ることになっていて、彼女は彼らの到着の準備のために部屋をすっかりきれいにしたかったのだった。彼は少しイライラして、ほっといてくれと母親に頼んだ——僕は書こうとしているのだと彼は言った。本も書類もなく、お母さんがいつも入ってくるのに、どうして僕は書けるの？　彼はずっと前に決められていて、長い年月が経ち久しぶりにギリシャに帰ってくるカリフォルニアの叔母と叔父といとこたちに敬意を表して行われるこの晩餐会についてまったく忘れていた。母親はその機会を待ち望んでいないことを彼は知っていた。家族の特にこの分家は自慢するのが好きで、派手で、叔母と叔父はギリシャの親戚に手紙を絶えることなく書き続けたが、それは愛情に満ちて、気にかけているふりをしているが、本当は彼らにとっては、自分たちはアメリカでどんなに金を持っているか、自分たちの車はどんなに大きいか、どのようにして新しい水泳プールを設置したとか、どんなに自分たちは忙しくて、ギリシャに帰れないかを自慢する機会に過ぎなかった。それで、彼が言ったように、彼と母親は定期的に送ってくる写真を除いては、こうした親戚を見ずに、何年も過ぎたが、こうした写真は、明るい太陽の光の中で彼らの家や車のそばか、あるいはディズニーランドかハードロックカフェの外か、背景に大きなハリウッドの標識の見えるどこか他のところに立っている彼らを見せていた。彼らはまたあれこれの大学を卒業する、モーターボートに乗ったり、毛皮のガウンを着たり、偽物の青い空に向かって高価な歯をむき出しにしている子供たちの写真も送ってきた。彼の母親はこうした写真を忠実にサイドボードの上に飾った。いつか、クリストスもまた学位を取って、それらの写真の脇に彼の写真も置くことができるようにと母親が望んでいることを彼は知っていた。クリストスが中でも一番嫌いな写真は、ハンサムで笑っていて逞しい従兄のニッキーのもので、それは巨大な蛇——ボア——を肩にゆったりと垂らして何らかの砂漠を背景にした姿を示していた。優れた男らしさのこのイメージは、サイドボードからよく彼に付きまとったが、今それを見て、彼はもう母親に苛立ちを感じなかった。それで、彼は母親に同情し、自分がもっと立派で勇敢な息子だったらよかったのにと思った。それで、彼はしていたことをやめて、彼女が片づけるのを手伝った。

ジョルジオが手を挙げた。昨日は窓を開けて、扉を閉めていたのに、今日は逆で、窓は閉められ、廊下側の扉が意味ありげに少し開いているのに気づいた、と彼は言った。また、私が時計が移動したことに気づいたかどうかとも思った。時計はもう左側の壁にはなく、反対側の壁のよく似た場所にかけられていた。時計を移動したのには、きっと何か説明があるだろうが、それが何なのか考えるのは難しかった。もし私が説明を思いついたら、多分彼に伝えるだろう。何故ならそのままでは、彼は状況に戸惑っているから、と私は言った。

ニッキーの写真は結局難問を解決する方法を与えてくれないことに気づいた後で、ここに来るバスの中で話を書くのを終えた、とクリストスが続けた。司教の一人が討論の部屋で幻覚を見る。とても大きな蛇がもう一人の司教の肩に垂れ下がっているのを彼は見て、この蛇は二人が話していた偽善と嘘の象徴だと気づく。彼は、その時その場で、よりよい人間になり、真実だけを語り、決して彼の信者を誤った方向に導かないし、騙さないと、誓う。

クリストスはまた腕組みして、教室中をニコニコして見た。間もなく、ピアニストのクリオが手を挙げた。彼女もまた動物について書くのは難しいと思った、と言った。彼女は動物について何も知らなかった。彼女はペットを飼ったことさえなかった。幼い子供時代でも、練習の過酷なスケジュールを与えられて、そんなことをするのは不可能だった。彼女はペットの世話をし、ペットが必要とする配慮をすることはできなかっただろう。だが、宿題のために、彼女は物事を違った風に見た。歩いて家に帰る時、彼女は物事をいつも見るようには見ず、その代わり、歩いている時に、ますます鳥に、その姿だけでなく、その声に気づくようになり、鳥の声に耳が慣れると、絶えず彼女の周りのどこにでも声は聞こえるようになった。その時､彼女は長い間聴いていなかったフランスの作曲家のオリビエ・メシアンによって、第二次世界大戦の間に戦争捕虜のキャンプに強制収容されている時に書かれた曲を思い出した。その一部は、そこに留置されている間に周囲で聞いた鳥の歌声のパターンに基づいていた、あるいは彼女はそう思っていた。その作曲家は監禁されているのに、鳥たちは自由で、彼が書き留めたものは、彼らの自由な音声であるのではないかということが彼女の心に浮かんだ。

いつかコンピューターがそうするためにプログラム化されるように、芸術家の役割は単に連続することを記録するものになるかもしれない、と考えるのは興味深い、とジョルジオは言った。個人的なスタイルの問題さえ、多分限定された数の選択すべきものから続いて起こるものとして分解され得るだろう。彼は時々、それ自身の巨大な知識によって影響を受けたコンピューターが発明されるだろうかと思った。そのようなコンピューターに出会うことはとても興味深いだろう、と彼は言った。だが、彼は表現のどんなシステムも、単にそれ自体の規則を破ることによっては取り消せないと感じた。例えば、今朝家を出た彼は道端の花壇の縁に、深く物思いに耽っているとしか描写できない小鳥が止まっているのに気づいた。その鳥は、例えば、頭の中で数学の問題を解こうとしている人に見られるような焦点が合わないようなやり方で何かをじっと見ていた。そして、ジョルジオはそのすぐそばまで歩いていったが、鳥はまったく気がつかないままだった。彼は手を伸ばしてそれを掴むことができただろう。それから、鳥は彼がそこにいることにやっと気づき、ほとんど飛び上がった。けれど、彼は鳥の生き残る能力があるかを少し心配した。彼の話は、まったく自分の個人的経験に基づいていて、ドバイの科学研究所である粒子の変化を研究している叔母と交わした会話を細かく描写していた。彼の唯一の創案は、トカゲを加えたことで、トカゲは実際にはそこにいなかったが、話の中では、二人が話している間、叔母はトカゲを腕の下に安全に挟み込んでいた。彼は父親にその話を見せると、父は、細部はすべて的確だと認め、会話に立ち合ったことを楽しみ、その会話の話題にもう一度興味を持ったと言った。ジョルジオが正確に言葉を覚えているなら、トカゲは良い表現だ、と父は言った。

シルビアはまったく何も書いてこなかった、と言った。思い出してみると、昨日の彼女の発言は、実際、動物、背の高い色黒の男性の背中に座っているのを彼女が見た小さい白い犬に関するものだった。だが、他の人が話すのを聞いた後で、彼女はもっと個人的なもの、まるで見られることを求めているような光景よりも、自分の自我の一面を表せるような何かを選びたいと思った。彼女はたまたま帰りの電車の中でその男性を探し、彼に何か言いたいと思った。彼女は彼に犬を肩から降ろして、歩かせるか、あるいはその方がさらに良いのだが、彼女のような人が気が散ると感じないように、普通で醜い犬を飼うように彼に言いたかった。彼女は、彼の注意を引こうとする行為に、彼が彼女を非常に面白くないと感じさせる事実に腹を立てた。そして今ここで、彼女は二度目にクラスで彼のことを話していた。

シルビアは小さい可愛い心配そうな顔をして、非常に豊かな灰色の髪を、肩の周りに娘らしい巻き毛や房にしていたが、彼女はしばしばそれに触れたり、軽く叩いたりした。ともかく、彼女は家に帰る途中で明らかに彼に再び会わなかった。というのは、人生はそんなものではないから、と彼女は続けた。彼女はアパートに戻ったが、一人で暮らしているので、アパートは朝出た時とまったく同じだった。電話が鳴った。それは母からで、彼女はいつもその時間に電話をかけてきた。今日学校はどうだったのか、母は知りたがった。シルビアはアテネの郊外の学校で英文学の教師として働いている。母は彼女が著作コースのためにその週間休みを取ったことを忘れていた。「私は自分が何をしているか母に思い出させました」とシルビアは言った。「もちろん、母は書くことにとても懐疑的なので、覚えていないのは彼女らしいことです。そんなことをする代わりに、あなたは休暇でどこかに行くべきだった、と彼女は言いました。友達と島の一つに出かけるべきだった。本のことを考えて時間を使わないで、あなたは人生を楽しく過ごすべきだわ、と母は言いました。話題を変えるために、お母さん、今日気がついたことを何か教えて、と私は言いました。何に気がついたかですって？　と彼女は言いました。私は一日中、洗濯機を直しに来る人を待って家で過ごしたわ。彼は現れさえしなかった、と彼女は言いました。会話をした後、私はコンピューターを見に行きました。私はエッセイの宿題を学生に出して、締め切りはもう過ぎていましたが、Eメールを調べると、誰一人エッセイを送ってこなかったことがわかりました。それはD・H・ロレンスの『息子と恋人』についてのエッセイで、それは私の人生で何にもまして私を感激させた本でしたが、学生の誰もそれについて一言も言うことがなかったのです」

「私は台所に行って、立っていました」と彼女は続けた。「そして、話を書くことを考えました。でも、私が考えたことといったら、私が生きているまさにその瞬間を描写する一行――女性が台所に立って、話を書くことを考えている――だけでした。問題は、その行が次の行につながらないことでした。それは、私がただ台所に立って、どこにも行かないように、どこからか来たのでもないし、どこにも行きませんでした。それで、私は別の部屋に行き、本棚から本を、D・H・ロレンスの短編集を取り出しました。D・H・ロレンスは私が一番好きな作家です」と彼女は言った。「実際、彼は亡くなっていますが、ある意味で、彼は世界中で私が一番好きな人です。私はD・H・ロレンスの登場人物になって、彼の小説の一つの中で生きたいのです。私が会う人々は特質を持っていないとさえ思われます。そして、彼の目を通して見ると、人生はとても豊かなように思われますが、私の人生は、まるでどんなに努力してもそこでは何も育たない、ひどい小さい土地のように不毛であるようによく思われます。私が読み始めた話は」と彼女は言った。「『冬の孔雀』というものでした。それは自伝的な話です」と彼女は言った。「その中で、ロレンスは冬にイギリスの田園地帯の人里離れたところに滞在していて、ある日、散歩に出かけると、彼は異常な声を聞き、それは丘の斜面で罠にかかり、雪にうずもれた孔雀であることを発見します。彼はその鳥を持ち主に、夫が戦争から帰ってくるのを待っている、近くの農場に住む奇妙な女性に返します」

「この時点で」と彼女は言った。「私は読むのをやめました。初めて、ロレンスは私を私自身の人生から連れ出せないと感じました。多分それは雪か女性の奇妙さか孔雀それ自体だったかもしれませんが、私は突然こうした出来事、彼が描く世界は、ここ、アテネの中心部にある現代的なフラットにいる私とは何の関係もないことだと感じたのです。どういう訳か、私はそれに、私は彼の描く世界の無力な通行人であるという感覚にもう耐えられなくなり、それで私は本を閉じました」と彼女は言った。「そして、私はベッドに行きました」

シルビアは話をやめた。私の前のテーブルの上の電話が鳴った。私は住宅ローンの会社のリディアの番号が画面に現れたのを見て、グループに短い休憩を取ると言った。私は外に出て、廊下の掲示板の間に立った。私の心臓は胸で不快にドキドキしていた。

「フェイですか?」とリディアは言った。

「ええ」と私は答えた。

彼女は今日私の調子はどうか、と尋ねた。彼女はダイアルの音から私が海外にいることがわかった、と言った。どのあたりにいるの? アテネと私は言った。それはよさそうね、と彼女は言った。彼女はもっと早く連絡しなかったことをすまなく思っていた。彼女はここ数日間オフィスにいなかったのだ。彼女の課の何人かがウインブルドンの団体の席をもらった。彼女は昨日ナダルが敗退するのを見たが、それにはとても驚いた。ともかく、私の休暇を台無しにしなければよいが、保険業者はローンを増やす私の要請を却下したことを彼女は私に話さなければならなかった。私が何故かと尋ねると、彼らは理由を言う必要はない、と彼女は言った。それが提供された情報に基づいた彼らの決断だった。言ったように、そのことが私の休暇にあまり影響しなければよいと願うわ、と彼女は言った。私が電話をして伝えてくれたことに感謝すると、どういたしまして、もっと良い知らせだったらよかったのに、と彼女は言った。

私は廊下に沿って歩き、建物の入り口のガラスの正面の扉を通って、通りの激しい暑さの中に出た。車や人々が通り過ぎていく間、私はまるで何かが起こるか、何か他の機会が生じるのを期待しているかのように、ギラギラする光の中でそこに立っていた。首からとても大きなカメラを下げた水玉模様の日よけ帽を冠った女性が、ビンヤキ博物館への道を私に尋ねた。私は彼女に教え、それから、中に戻り、教室に帰り、座った。ジョルジオはすべてうまくいっていますかと私に尋ねた。彼は私が扉を閉めたのに気づき、今私は窓を開けてほしいのだろうかと思った。もしそうなら、彼が喜んでその仕事をすると、言った。私は彼にそうしてくれと言った。彼は椅子から非常に熱心に飛び上がったので、椅子が後ろの方に倒れそうになった。ペネロペが驚くほど素早く手を突き出して、椅子を掴み、注意深く元に戻した。彼女は彼女の夢以外は今日クラスに持ってくるものは何もないと確信していたが、夢はしばしば恐ろしく、奇妙なので、誰かに話すべきだと思った、と幾分謎めいたように言った。でも、一般的に言って、彼女の立場にいる人、時間がその人のものではない誰かにとっては作家になることは不可能だと、昨日のクラスの後で彼女は認めた。それで、彼女はいつもするように晩を過ごし、子供たちのために食事を作り、彼らの絶え間ない欲求に応えた。

彼女たちが食事をしていると、玄関の呼び鈴が鳴った。それは隣のスタブロスで、雌犬が産んだばかりの子犬を新しい寝藁から取り出して彼女たちに見せるために立ち寄ったのだった。もちろん、子供たちはこの子犬に大喜びした。彼らは食べ物が皿の上で冷たくなるままにして、スタブロスの周りに立ち、順番に子犬を抱かせてほしいと頼んだ。それはとても小さい子犬で、目をほとんど開けていなかった。スタブロスはとても注意しなければならないと言ったが、子供たちのそれぞれに一人ずつそれを抱かせた。「私はそれぞれの子供が」と彼女は言った。「子犬を腕に受け取ると、最大限に優しく注意深い人に変わるのを眺めていましたが、子犬が彼らの性格を実際に改良したとほとんど信じられるほどでした。それぞれがその小さい柔らかな頭を指で撫で、その耳にささやき、もしスタブロスが行かなければならないと言わなかったら、それは明らかにずっと続いたことでしょう。子犬は売り物だと彼が言いました。そして、その言葉に、子供たちは心からの移りやすい興奮で飛び跳ね始めたので」と彼女は言った。「私も興奮し始めました。もし子犬を受け取ったら、優しくして、愛するだろうという思いは抑えがたいものでした。でも、太って、不愉快な動物の、スタブロスの雌犬を私が知っていることの方が、強かったのです。いいえ、と私は彼に言いました。私たちは犬を飼わないでしょう。でも、私は子犬を見せてくれたことに感謝し、彼は去りました。その後、子供たちはとてもがっかりしました。お母さんはいつも何でもダメにする、と息子は私に言いました。そして、子犬が投げかけた魅力がまったく消え、正しい判断が私に戻り、それと共に、非常に厳しく強烈なので、まるで私たちが立っている建物から屋根が引きはがされるかのように、私たちの家族を情け容赦もなくさらすように思われる現実感が戻ってきたのはその時でした。

私は子供たちを、夕食を終わらせずに、自分たちの部屋に行かせ、手を震わせて、台所のテーブルに向かって座り、書き始めました。実際、私はかつて、二年前に、丁度私が話したものとほとんど区別がつかない状況で、子供たちに子犬を飼ってやりました。そして何も学ばずにその同じ瞬間に戻ったという事実は、私たちの生活をそして特に子供たち自身を最も冷たい可能な見方で私に見せました。言ったように、それは今では二年前のことでした。犬は私たちがミニと呼んだとても可愛い動物で、巻き毛のたばこ色の毛で、二つのチョコレートのような目をしていて、最初に私たちと暮らすようになった時には、その犬はとても小さくて魅力的だったので、面倒をみるために私のしなければならない仕事は、子供たちが一緒に遊んだり、友達に見せびらかす喜びと釣り合いが取れていました。ミニがひどい臭いのする糞を家中にした後で、私は彼らの楽しみが損なわれるのを恐れて、実際子供たちがきれいに清掃しなければいけないと思わなかったと、ほとんど言えるほどでしたが、ミニが大きくなり、もっと骨が折れるようになるにつれ、子供たちに少し責任を持ってほしいと思うようになりました。第一に、私たちが犬を飼ったのは――私が繰り返して彼らに言ったように――彼らが選んだことだったからでした。でも、直ぐに彼らはこうした言葉に慣れてしまいました。彼らはミニを散歩に連れて行ったり、犬の後片づけをしなくなり、さらに、犬が吠えたり、時々彼らの部屋に行って、大損害を及ぼし、彼らのものを壊すことにイライラし始めました。彼らは犬が晩に居間に座っていることさえ嫌がりました。何故なら、犬は静かにソファーに座っておらず、部屋中を歩き回り、彼らがテレビを見るのを妨害したからでした。

ミニは私たちが予想していたより早くずっと大きく、精力的になっただけでなく、また食べ物に取りつかれ、私が一瞬でも目を離すと、彼女は台所のカウンターに上り、食料をあさって、見つけられるものは何でも食べていたのです。私は直ぐに食料をしまうことを学んだのですが、絶えず警戒して、ミニが他の部屋に行けないように家の扉を全部閉めておくことを忘れないようにしなければなりませんでしたが、子供たちは絶えず扉をまた開けたままにしました。そしてもちろん、私はミニを散歩に連れて行かなければならず、彼女は私をとても強く引っ張るので、腕が抜けてしまうのではないかと思いました。私は彼女を綱紐から離すことができませんでした。何故なら、彼女は食べ物が好きだったので、あらゆる方向へと走って行ったからでした。彼女は一度公園のそばのカフェの中に走りこんで、カウンターの上に置かれた一続きのソーセージを全部食べているところを怒り狂ったコック長によって発見されました。別の時には、ベンチに座って昼食を食べていた男の人の手からサンドイッチをひったくりました。結局、私たちが出かける時には、いつも彼女を私に結び付けておかなければならないことに気がつき、またあまり考えずにミニを子供たちのために飼ったことで、私は自由をまったく失ったことがわかり始めました。

ミニはまだ可愛い犬で、みなが注目しました。綱紐につないでおく限り、彼女は通行人からいつも惜しみなく褒められました。私は疲れ切っていたので、奇妙に腹を立て、彼女の美しさに、彼女が受ける注目に嫉妬するようになり始めました。手短に言えば、私は彼女を憎み始め、ある日、彼女が午後中吠えて、子供たちが彼女を連れ出すことを断り、そして子供たちが無関心にテレビを見ている間に、彼女は居間で私が買ったばかりの新しいクッションを噛んでズタズタにしているのを発見しました。私は抑えられない怒りに襲われて、彼女を殴りました。子供たちはひどくショックを受けて、怒りました。彼らはミニの上に身を投げ出して、彼女を私から守りました。彼らはまるで私が怪物であるかのように私を見ました。でも、もし私が怪物になったのなら、そうさせたのはミニだと私は思いました。

しばらくの間、子供たちは絶えず私にこの出来事を思い出させましたが、だんだんそのことを忘れました。それである日、同じような挑発を受けて、それはまた起こり、それからまた起こり、とうとう私がミニを殴ることを子供たちはほとんど受け入れました。犬は私を避け始めました。彼女は私を違った目で見て、とてもずるくなり、ものを壊しながら、家をうろつき回り、一方、子供たちは私に対する態度にほんのわずかな冷淡さを、新しいある種の距離を示すようになり、それはある意味で私を解放しましたが、また私の人生が前よりも有益でないように感じさせました。多分この感情の埋め合わせをし、私たちの距離をふさごうとして、私は息子の誕生日を大騒ぎして祝う決心をして、半分徹夜をして彼のためにケーキを焼きました。それはとても美しく贅沢なケーキで、粉の中にはクルミが入り、上には薄く削ったチョコレートの渦巻きが載っていました。そして作り終わると、ミニが届かないところにそれを置いて、床につきました。

朝、子供たちが学校に行った後で、姉が私に会いに立ち寄りました。姉と一緒にいると、私はいつも自分の目的から注意が少しそれるのでした。彼女のために物事を行って、それらを彼女に見せ、自然にありのままに彼女に見てもらうというより、私の生活をしっかりと見せる必要があると感じるのです。それで、私は彼女にケーキを見せましたが、彼女は誕生日のパーティーに後で来るので、いずれにしても彼女はそれを見たことでしょう。丁度その時、通りから車の警報音が聞こえ、それは彼女の車に違いないと思って——それは新車で、彼女が言うにはこの地域は彼女の住んでいるところと同じほど安全でないために私の家の外に駐車するのを彼女は嫌いました——彼女はパニックになり、外に走って行きました。私は彼女の後について行きました。何故なら、すでに言ったように、私は姉と一緒にいると、自分自身よりも彼女の見方で物事を見て、子供の頃いつも私より優れていると思いながら、彼女の部屋に入らざるを得なかったように、彼女の視界に入らざるを得なかったからです。私たちが通りに立って、彼女の車が無傷であることを確かめている時、かつて自分の部屋を捨てたように、私自身の人生を捨ててしまったという感覚に気づき、そして突然、密かな痛みのような異常な存在感、他の人には誰にも見えないナイフの上を歩くおとぎ話の人魚のように、他人とは、相手の中に何があるか気づかないまま自分たちに注目するように求める他人とは分かち合えない内部の苦痛でいっぱいになりました。

姉が車と、何が警報を鳴らしたのかについて話している間、私はそこに立って、このやむにやまれぬ孤独の痛みを感じました。私が知っているそのことを認めることで、私はまた人生の最も不吉な見方も認めていました。言い換えれば、何かひどく悪いことが起こるだろう、丁度その時起こっていることが私にはわかったのです。そして私たちが中に戻って、カウンターの上で顔を誕生日のケーキに深く突っ込んで、顎を激しく動かしているミニを見つけた時、私はほんの少しも驚きませんでした。私たちが入っていった時、彼女は身動きができず、チョコレートの渦巻きを鼻づらの周りにまだ下げて、見上げました。そしてそれから、彼女は決断をしたようでした。というのは、カウンターから飛び降りて、隠れるために逃げる代わりに、彼女は挑戦的な目で私を見て、またその上にかがみ、食べ終わるために、もう一度顔を貪欲にケーキの中に突っ込んだからでした。

私は台所を横切り、彼女の首を掴みました。姉の前で、私はミニをカウンターから引きずり降ろし、床を這うように進ませ、それから、彼女がキャンキャン鳴き、もがいている間に、私は続いて彼女を殴り始めました。私たち二人は戦い、私はあえぎ、できるだけ強く彼女を殴ろうとし、彼女は身もだえして、キャンキャン鳴きましたが、ついに頭を引っ張って首輪から自由にすることに成功したのです。彼女はタイルの床を引っ掻き、滑るように歩いて、台所から逃げ出し、玄関に入りましたが、入り口の扉がまだ開いたままだったので、それから通りに出て、歩道を突進して、姿を消しました。

ペネロペは話を中断し、指を最初は優しく、それから探るようにこめかみに置いた。

「午後中ずっと」と間もなく彼女は続けた。「電話が鳴りました。前に言ったように、ミニはとても独特な美しい犬で、アテネの他のところにいる知り合いと同様に、この地域の人々によく知られていました。それで人々は彼女が逃げるのを見たと私に話すために電話をかけてきたのでした。彼女はどこにでも見かけられ、公園やショッピングセンターを走り、ドライクリーニングの店や歯医者を通り、美容院を通り、銀行を通り、子供たちの学校を通り過ぎました。彼女は私が無理に連れて行ったいたるところを走り、友達の家やピアノ教師の家や水泳プールや図書館や遊び場やテニスコートを通り、そして彼女が走るところはどこでも、人々は見上げて、彼女を見て、私に彼女を見たと言うために電話を取り上げたのでした。彼らの多くが彼女を捕まえようとしました。中には追いかけた人もいて、窓の清掃業者は小型トラックでしばらくの間彼女を追って走りましたが、誰も彼女を捕まえられませんでした。ついに、彼女は列車の駅に着き、そこでたまたま私の義理の兄が列車を降りていたのですが、彼は私に電話をしてきて、彼はミニを見て、他の乗客や駅員の助けを借りて彼女を追い詰めようとしましたが、彼女は彼らに捕らえられるのを逃れた、と言いました。駅員の一人は彼女の尾を掴もうと突進した時、荷物の手押し車とぶつかって、軽い怪我をしました。でも結局、彼らはみな彼女が線路を走るのを眺めていて、彼女がどこに行くのか誰にもわかりませんでした」

ペネロペは激しい息づかいの息を吐き、黙ったが、彼女の胸は目に見えて上下に動き、打ちひしがれたような表情をしていた。「これが私が書いた話です」と彼女がやっと言った。「スタブロスと子犬が来た後で、昨夜台所のテーブルで」

問題は第一に彼女がよくない犬を選んだことのように思われる、とテオが言った。彼自身犬を飼ったが、何も困ったことは経験したことがなかった。

この言葉に、マリエルは話す準備をした。その印象は、孔雀がその尾の大きな扇を動かす準備をする時に、開きにくい羽を動かすようなものだった。彼女は深紅色のハイネックの服を着て、黄色い髪をとさかのようにまとめて、黒いレースの一種のマンティラを肩にかけていた。

「かつて私は息子に犬を買ったことがありました」とショックを受け、震えるような声で彼女は言った。「彼が小さい子供だった時に。彼はそれをとても愛しましたが、まだ子犬の頃に、通りで彼の目の前で車に轢かれたのでした。彼はその死体を取り上げ、アパートに持って帰り、人がそれほど泣くのを知らないほど激しく泣きました。彼の性格はこの経験で完全に破壊されました」と彼女は言った。「彼は今では人生から何を得られるかしか関心のない、冷たい打算的な男です。私自身は猫を信頼しています」と彼女は言った。「猫は少なくとも自分が生き残る問題を解決できます。そして、猫は力と影響を与える能力に欠けていて、嫉妬とある程度の利己主義によって生きながらえていると言われるかもしれませんが、また不可解な本能と際立って優秀な味覚を持っています」

「夫は私に私たちの猫を残してくれました」と彼女は続けた。「彼は手放すのをとても嫌がっていたコロンブス以前の人工遺物と引き換えに。でも、彼は自分の一部が猫の提供する導きの感覚なしに世の中に出されてしまったと恐れるほど、自分の一部が猫と共に置き去りにされたように感じた、と主張しました。そしてそれ以来、彼の選択が喜ばしいものでなくなったのは本当です。彼はクリムトのエッチングを買いましたが、後になって偽物だとわかりました。また、ダダイズムに非常に多額の投資をしましたが、誰もが彼にその時代への一般の興味は取り返しがつかないほど衰えていると言ったことでしょう。一方私は神々の寛大な優しさを避けることができず、蚤の市で蛇の形をした小さいブレスレットを見つけ、五十セントで買いましたが、ある日たまたま通りで出会った時、夫の友達のアルトロが私の腕のブレスレットに目を留めました。彼はそれを分析するために彼の研究所に持って行き、それを返した時、それはミケーネの墓から出たもので、非常に貴重である、と言いましたが、その情報はブレット・バーの彼らの夜の会話の中で夫にきっと伝えられたことでしょう。

でも、言ったように、猫は嫉妬深く、差別的な生き物で、私の恋人がアパートに一緒に住むようになって以来、彼は絶え間なく猫たちに親切にするのですが、彼らはなかなか応じず、彼が背を向けるとすぐに、彼の親切を忘れてしまいます。彼は残念ながらだらしない男、哲学者で、自分の本や書類をいたるところに散らかします。そして、私のアパートの美しさははかないものではないのですが、最高に見えるように整備する必要があります。あらゆるものが黄色、幸福の色、太陽の色に塗られていますが、私の恋人は狂気の色でもあると言い、それで彼はよく屋根に出て行く必要があり、そこで彼は立って、知的な空の青に注意を集中するのです。彼がいない間、私は幸福が戻ってくるのを感じます。私は彼の本を片づけ始めますが、そのうち何冊かは非常に重くて両手でもほとんど持ち上げられません。争った後で、私は私の本棚の二つの棚を彼に譲り、彼は一番上の方が好きなのがわかっていましたが、快く下の棚を選びました。でも、一番上の棚は高くて、私の恋人が大コレクションを持っているユルゲン・ハーバーマスの著作は、ピラミッドを築造するのに用いた石のように重いのです。土台は大きくて、最後の点は非常に小さくて遠い建造物を築造している時に、男たちが死に至ったかを私は彼に語りました。でも、ハーバーマスは彼の分野で、彼の人生のこの段階で、ほかの誰にも踏み入らせないだろう、と彼は言いました。彼は人間だろうかそれとも子馬だろうか？　彼が屋根に立って、じっと見ている間に、前の夫の恐ろしい性格をほとんど懐かしく思い出しながら、それが自分自身に問うた質問ですが、すると私はとても速く走りたくなり、いつも夜はぐっすり眠ります。時々」

と彼女は言った。「私は女友達のところに逃げて、私たちみんなは一緒に泣いたり、編み物をしたりしますが、それから私の恋人がピアノを開けて、タランテラを弾いたり、あるいは午後中ずっとワインと丁子で子ヤギを焼き、そうした音や匂いに引きつけられて、私は戻り、ハーバーマスの岩を持ち上げ、棚の上に置くのです。でもある日、私はもう続けられない、混乱が支配するのだと気づき、やめました。私は壁を緑がかった薄青色に塗り、本棚から私自身の本を出して、そこに置いたままにし、バラを壺の中でしおれ、枯れるままにしました。彼はひどく興奮して、これが重要な一歩だと言いました。私たちは祝うために出かけ、帰ってくると、猫たちが倒れた蔵書の中で、ページの吹雪の真ん中で暴れ狂っているのを見つけました。血管にはワインのシャブリがまだ残っている私たちが見ていると、彼らの鋭い歯は本の背を破壊していました。私の小説と革の押し型模様のつけられた本はそのままでした。ハーバーマスだけが攻撃され、口絵から彼の写真は引き裂かれ、大きな爪の跡が『公共性の構造転換』をめちゃくちゃにしていました。そしてそれで」と彼女は結論として言った。「私の恋人は本を片づけることを学びました。もう彼は子ヤギを焼いたり、ピアノを開けたりせず、彼の個性を縮小する、相反するものが混ざり合った恩恵のために、私は猫を飼っているのです——多分また夫にでないとしても——猫に感謝するために」

それは事例ではないか、とアリス——前の日に堕落させる犬のことを話した少年——が言った。私たちが動物を人間の意識の反映として使い、一方同時に、彼らの存在は人間を客観化し、それ故安全に自制させる一種の道徳的力を及ぼす？ 奴隷や使用人のように、と彼は言った。彼らがいない時には、その主人は傷つきやすいと感じるだろう。彼らは私たちが生きているのを眺める。彼らは私たちがリアルであることを証明する。彼らを通して、私たちは自分自身の話に近づく。私たちは——彼らではなくて——自分が何であるかを示される。確かに——人間にとって——動物に関して最も重要なことは、動物は話せないということだ、と彼は言った。彼自身の話は、小さい頃に飼っていたハムスターについてだった。彼はかごの中でハムスターが走るのをよく見ていたものだった。かごには輪があって、それは走り回った。それはいつも走っていた——輪は回転し続けた。だが、どこにも行かなかった。彼はハムスターが大好きだった。彼はもしそれを愛しているなら、自由にしてやらなければならないことがわかった。ハムスターは逃げて、彼は二度とそれを見なかった。

ジョルジオが、私の頭の真後ろにかけられているので、私にはもう見えない時計によると、授業時間は今終わった、と私に知らせた。彼は私が廊下で過ごした数分も加えた。みんなの邪魔をしないように一人で決定し、私が同意してくれるとよい、と彼は言った。

私はこの情報に彼に感謝し、彼らの話にクラスに感謝し、みんなの話はとても面白かった、と言った。ローザがリボンが結んであるピンクの箱を取り出して、テーブル越しに私に渡した。祖母がくれたレシピで自分で焼いたアーモンド・ケーキだと、彼女は言った。私はそれを持って帰ってもいいし、よかったら、みんなで分かち合うこともできる。クラスのそれぞれのメンバーが一切れずつ食べられるように彼女はケーキを焼いたのだった。でも、カサンドラが来なかったので、一切れ残るだろう。私はリボンをほどき、甘い匂いのする箱を開けた。中にはフリルの付いた白い包装紙に完璧に並べられた十一のケーキがあった。それを順々に回す前にローザがしたことを全員が見えるように、私は箱の向きを変えた。ジョルジオは箱の中身を調べる機会を与えられてほっとした、と言った。彼は前にそれに気づき、中に動物が入っているのではないかと思って、幾分心配していたのだった。

X

私が朝の七時に寝室から出てくると、「私を気にしないで」とクレリアのソファーに座っていた女性が言った。

彼女はスプーンで蜂蜜を瓶から直接に食べていた。彼女のそばの床に二つの大きなスーツケースが置かれていた。彼女は細長い顔の青ざめた、らせん状の巻き毛の、四十歳代の人で、彼女の首はガチョウのように異常に長く、頭はやや小さかった。彼女の声にははっきりしたガーガー鳴くような響きがあったので、それが印象に加わった。私は彼女の厳しい黒い眉毛の下の、小さい瞬きしないまつ毛のない目の薄い緑色に目を留めた。彼女はまるで光から守るかのように、顔をしかめて瞼に少し皺を寄せていた。アパートの中は息が詰まるほど暑かった。彼女の服は――ワイン色のジャケットとシャツとズボン、それに重そうに見える黒い革のブーツ――心地よくなく感じるに違いなかった。

「マンチェスターから飛行機で来たところなの」と彼女は説明した。「そこでは雨が降っていたわ」

彼女はこんなに早く着いて申し訳ない、と付け加えたが、彼女の飛行機の時間がそんな風だったので、スーツケースと一緒にカフェに行って座っている以外には、彼女が思いつくことは他に何もなかった。タクシーの運転手がスーツケースを階段を上って運ぶのを手伝ってくれたが、空港からの三十分を彼の書いているサイエンスフィクションの小説の筋を非常に細かく彼女に説明するのに全部使った後では、それは彼ができる最小のことだった。彼女がアテネに著作コースを教えるために来たと言ったのが間違いだった。彼の英語は申し分なかったけれど、彼は強いスコットランド訛りで話した。彼はアバディーンでタクシーを運転して十年過ごし、かつて作家のイアン・バンクスを乗せ、バンクスはとても好意的だった、と彼は言った。彼女は自分は劇作家であると説明しようとしたが、彼は彼女が専門的すぎると言った。ところで、私はアンよ、と彼女は言った。

彼女は立ち上がって、私と握手をし、それからまた座った。私は私たちをまるでクレリアの大きい窓を通して見るかのように見た。午前七時にアテネのアパートで握手をしている二人の女性を。彼女の手はとても青白く、骨ばっていて、しっかりと心配そうに握った。

「ここは良いところね」と見回しながら彼女は言った。「私は何を期待するべきかわからなかった——こういう場合には何を期待したらよいかわからないでしょう？ ここはもっと人間味のないところだと思っていた」と彼女は言った。「ここに来る途中で私は最悪なことを想像するように自分に言い聞かせたけれど、それは明らかに功を奏したわ」

彼女は、犬が吠え、子供たちが叫び、人々が窓台に結んだ紐に洗濯物をかけているどこか特徴のない埃っぽい、アパートが並んだ通りの箱に押し込まれると、どういう訳か予想していた。彼女は下に高速道路さえ予想したが、多分途中でタクシーからそのような場所を目にして、本当にそうしたものを眺めずに覚えてしまったのかもしれなかった。本当に何故なのかは彼女にはわからなかった。もう一度見回して、心地よく驚いて、ここは良いところだわ、と彼女は言った。

彼女はスプーンをまた蜂蜜の瓶に突っ込み、そして持ち上げて、口の中に垂らした。「こんなことしてごめんなさい」と彼女は言った。「砂糖なのよ。一度始めると、やめられないの」

もし欲しいなら、台所に食べ物があると、私が言うと、彼女は首を振った。

「どちらかと言えば、今はやめておくわ」と彼女は言った。「きっと私はもうすぐそこに行くでしょうが。新しいところはいつも違っているけれど、滅多にそれほど良くはないわ」

私自身はコーヒーを入れるために台所に行った。部屋は暑くて、ムッとしたので、窓を開けた。遠い車の音が外から入ってきた。建物の白く塗られた後部の無味乾燥な眺めはまったく陰になっていた。視界は、新しい建築物や増築部分が付け加えられた奇妙な直線の形でいっぱいで、それらは間の空いた空間に突き出していたので、中央までずっと裂けたものの二つの半分のようにところどころで触れ合いそうだった。地面は、遙か下にあったので見えず、何も育ったり、動いたりしない、建物のこの狭く白い谷間の陰になっている深いところに隠れていた。太陽は屋上の端に三日月刀のように見えた。

私が戻ると、「広間のあの女を見て、ひどく怯えたわ。私が最初に歩いて入った時には、あなただと思った」とアンが言った。彼女の声はまたガーガーと鳴く声のように聞こえ、彼女は手を長い首に置いた。「私は幻覚が好きではないの」と彼女は付け加えた。「彼女があそこにいることを忘れるわ」

「彼女には私も何度か驚かされたわ」と私は言った。

「私はたいてい少し神経質なの」とアンが言った。「多分あなたはわかるでしょう」

彼女は私に、どのくらいここにいるのか、学生はどんな風か、前にアテネに来たことがあるか、と尋ねた。彼女は言葉の障壁がどのように作用するかよくわからなかった。自分のものでない言葉で書くなんて、おかしな考えだった。人々が強制的に英語を使わされる時の感じ方を、人々が家を出て、絶対に必要なものだけを持っていけと言われるように、その変化で自分たちのどれだけのものを置いてこなければならないかを考えると、やましい気分になる、とアンは言った。でも、自己再発見の可能性があるので、彼女を惹きつけるその概念には純粋さもあった。頭脳的、言語的な混乱から解放されることは、ある意味で魅了的な可能性だった。後に残してこなければならなかった必要とするものを思い出すまでは。例えば、彼女は他の言葉で話す時、冗談が言えないことに気づいた。英語で話す時には、全体的に見て、彼女はユーモアのある人だが、例えば、スペイン語では——一時期彼女はそれをとてもよく話せたのだが——彼女はそうではなかった。それで、それは言い換えの問題ではなく、適応の問題であると彼女は思った。個性は新しい言語的な状況に適応して、新たに個性を作らなければならなかった。彼の二言語使用能力が彼を二人の人にして、言語の障壁は最終的に越せないことを証明するかのように、一度はフランス語で、一度は英語で、二度書いたベケットの詩がある、と彼女は言った。

私は彼女にマンチェスターに住んでいるのかと尋ね、彼女は違うと言った。彼女は他の執筆コースを教えるためにそこに行ってきたところで、そこから真っすぐにここに飛行機で来たのだった。少し疲れるけれども、彼女はお金が必要だった。彼女は最近はほとんど書いていなかった——だからと言って、戯曲を、少なくとも彼女の書くような戯曲を書いたら、金持ちになる訳ではなかった。だが、彼女の書くことに何かが起こったのだった。何かがあったのだが——まあ、それを出来事と呼ぼう、そして、劇作家として彼女は出来事に関する問題はすべてのことがそれに責任があることがわかっていた。まるでその説明を求めるかのように、出来事はあらゆる他のものが引き寄せられる前提となる。この——問題はいずれにせよ起こったのかもしれない。彼女にはわからなかった。

私は彼女に何が問題なのかと尋ねた。

「私はそれを要約すると呼ぶわ」と彼女は快活なガーガー鳴くような声で言った。新しい作品を思いつくといつも、先に進む前に、自分がそれを要約していることに気づいた。しばしばそれは一語だった。何かが要約されると、すべての意図や目的をそれに完全に合わせ、厳密に言えば三語だった。例えば、緊張とか義理の母親とかいうものだが、それは楽な仕事だったが、彼女はそれ以上先には進めなかった。嫉妬という言葉がそれを要約しているのに、嫉妬について長い戯曲をどうしてわざわざ書くのか？　そしてそれは彼女自身の作品だけではなかった——彼女は他の人の作品にもそうしているのに気づき、達人のものでさえ、彼女がいつも崇拝している作品でも概して要約できるということを発見した。彼女の神であるベケットさえ、無意味という言葉で台無しにされた。彼女は言葉が立ち上がり始めるのを感じ、押さえようとするのだが、それはやってき続け、ずっと出てきて、とうとう取り消せないほど彼女の頭の中に入ってしまった。そして、それは本だけではなく、人々に関しても起こり始めた——彼女はこの前の夜に友達と飲んでいて、テーブル越しに見て、友達という言葉が思い浮かんだが、その結果、彼女たちの友情は終わったと強く思った。

彼女は蜂蜜の瓶の底をスプーンでこすった。これはまた文化的不安感でもあるが、彼女自身が要約されたと感じる程度まで彼女の内部世界に侵入し、アンの人生がもう少しのところでそれを覆い隠そうとする時、それは明けても暮れても存在し続ける目的を問い始めることに彼女は気づいている、と言った。

出来事は何なのか――それが彼女が使った言葉なら――彼女が前に触れた出来事は何なのか、と私は彼女に尋ねた。彼女はスプーンを口から取り出した。

「私は襲われて金品を奪われたの」と彼女はガーガー鳴くような声で言った。「六か月前に。誰かが私を殺そうとしたのよ」

それは恐ろしいと私は言った。

「それは人々がいつも言うことだわ」と彼女は言った。

彼女は今はもう蜂蜜を食べ終え、スプーンからほんのわずかの残りをなめていた。彼女は明らかに空腹なので、私は何か他の食べ物を持ってこられないかと彼女に尋ねた。

「やめておくわ」と彼女は言った。「前に言ったように、一度始めると、やめられないの」

もしはっきりしたもの、終わりがはっきりした限られたものを彼女にあげたら、役に立つかもしれない、と私は提案した。

「多分」と彼女は疑わしそうに言った。「わからないわ」

私は私たちの間のコーヒー・テーブルの上にあるローザが私にくれたピンクの箱を開き、

残っていた一切れのケーキを彼女に差し出した。彼女はそれを受け取り、手に持った。

「有難う」と彼女は言った。

その出来事の一つの結果は、彼女は普通に食べる能力を失ったことだ――それがどういうものであれ、と彼女は言った。彼女は本当に食べることについて考えずにここまで来たのだから、かつては普通の食べ方を知っていたに違いないと彼女は思ったが、彼女はどのようにしたか、あるいはこれまで何年も何を食べたかをどうしても思い出せなかった。彼女はとても料理が上手で、食べ物を注文するほとんど熱狂的とも言える感覚を持った男とかつて結婚していた。数か月前に彼と最後に会った時、彼は昼食に行こうと提案した。彼女が経済的な理由で、またそのような場所にいる権利はもうないと感じたために、今は必要な資格の感覚を欠いていたので、もう行かないような高級なレストランを彼は選んだ。彼女は座って、彼が注文し、それからゆっくりと前菜、主菜、デザートを食べるのを見ていたが、それぞれの料理は非常に適度で、それ自身完璧だった――前菜は牡蠣で、デザートは、思い出してみると、少量のクリームが載った新鮮なイチゴで、――その後に小さいエスプレッソが続いたが、彼はそれを一飲みで飲み干した。彼女自身は小皿のサラダを注文した。彼らが別れた後で、彼女はドーナッツの店を通り、中に入って、四つドーナッツを買い、それを通りに立って、次々と食べた。

「私は前に誰にもこのことを話したことはないわ」と彼女はローザのケーキを口元に持っていき、一口食べながら言った。

彼が食べるのを眺めていて、二つの相反するように思われる感情を経験した、と彼女は続けた。最初のものは憧れで、二番目のものは吐き気だった。彼女はその光景が――彼が食べる光景が――呼び起こすものが何であれ、それを望み、また望まなかった。憧れは十分にたやすく理解できた。それはギリシャ人がノストスと呼ぶもので、「ホームシック」と訳す言葉だったが、彼女はその言葉が好きではなかった。感情的な状態をある種の胃痛と偽って通すのは非常にイギリス的であるように思われた。だがその日、彼女はホームシックがまさにそれを要約することに気づいた。

彼女の前の夫は出来事の後でまったく役に立たなかった。彼らはもう結婚していなかったので、期待した自分が間違っていたと思ったが、それでも、彼女は驚いた。それが起こった時、彼は彼女が電話しようと思った最初の人だった――習慣からと思われるかもしれないが、正直に言えば、二人は何か分離できない意味で結び付けられていると彼女はまだ思っていた。だが、その日彼女が電話で彼に話した時、彼は彼女の見方を共有していないことが直ぐに明らかになった。彼女が腹を立て、すすり泣き、ヒステリックであるのに対して、彼は礼儀正しく、冷ややかで、素っ気なかった。正反対の性質というのがこの難しい時に彼女の心にひょいと浮かんだ言葉だった。

この出来事が解明されなければならないのは、他の人々、その何人かは見知らぬ人々、警官やカウンセラーや一人か二人の良い友達を通してであった。だが、それは無秩序へ、意味のない回転する領域へ落ちていくことであり、そこでは、夫の不在は、それがないとまったく何も意味を持たない磁気の中心の欠如のように思われた。男と女の分極は構造であり形であった。それが無くなってしまって、彼女はやっとそれを感じ、まるで、その構造、その釣り合いの取れた状態の崩壊は後に続く極端なことに責任があるようにほとんど思われた。言い換えれば、彼女が一人の男に捨てられたことが、別の男の彼女への襲撃へと直接に導き、二つのことが——出来事の存在と夫の不在が——ほとんど一つになったように思われた。彼女は結婚の終わりは、その意味をゆっくりと解くことであり、長い痛ましい再評価だと思っていたが、彼女の場合はまったくそのようではなかった。彼は非常に手際よく、上品に彼女を捨てたので、後に残された時でさえ、彼女はほとんど安心感を感じたのだった。彼は義務的ないくつかの会合で、スーツを着て彼女の隣のカウンセラーのソファーに座り、控えめに自分の時計を見て、時々みんなに自分は公正なことだけを望んでいると確信させたが、彼は自分自身から切り取った実質のないものを送っているようなものだった。というのは、彼は心の中では明らかに他のところにいて、新たに牧草地に向かってギャロップで走っていたからだった。再解釈とは程遠く、彼らの終わりには事実上何も話さなかった。その後間もなく、彼は貴族の――どこかの伯爵の――娘と所帯を持ち、今彼女は彼らの最初の子供を身ごもっていた。

ある意味で、彼は自分を十年前に数人の俳優の友達と古本の大きな価値のないコレクションを持った一文無しの劇作家だと思ったので、自分の元を去っていくに過ぎないのだと彼女は受け入れた。だが、自分はもうその人ではないことに直ぐに気づいた。彼女は彼を通して別の人になったのだった。ある意味で、彼が彼女を創造したのだった。そして彼女が出来事があった日に彼に電話をした時、彼に自分のことを彼の創造物と言っていたと思った。彼以前の人生の彼女の絆は完全に断ち切られてしまった――その人はもはや存在せず、それで出来事が起こった時、二種類の危機があり、その一つはアイデンティティの危機だった。言い換えれば、まったく誰にそれが起こったのか彼女にはわからなかった。それ故、この適応の問題は彼女の心の中心にあったと言えるかもしれなかった。彼女は自分の母語を忘れてしまった人のようで、その考えはまたいつも彼女を魅了してきた。出来事の後、語彙と呼んでもいいようなもの、自己の母語が自分には不足していることに彼女は気づいた。人生で初めて言葉がどうしても出てこなかった。彼女は自分にあるいは他の人々に何が起こったか説明できなかった。彼女はもちろんそれについて話し、絶え間なく話した――だが、すべての彼女の話の中で、そのこと自体は触れられず、隠され、秘密で、近づけないままだった。

ここに来る飛行機の中で、彼女は隣に座っている人とたまたま話すようになり、こうしたテーマで仕事をしようと決めたのは二人の会話のためだった、と彼女は言った。彼はアテネの大使館に新しく配置された外交官だったが、彼の仕事のために世界中で暮らし、その結果、たくさんの言語を習得した。彼は南アメリカで育ったので、彼の母語はスペイン語だと、彼は言った。ただ、彼の妻はフランス人だった。家族は――彼と妻と三人の子供たちは――一緒にいる時は、世界共通の英語を話したが、彼らは数年間カナダに配置され、それで子供たちはアメリカ英語を話したが、彼自身の英語はロンドンで過ごした長い期間の間に学んだものだった。彼はまたドイツ語、イタリア語、中国語がまったく流暢で、ストックホルムで一年過ごしたので、スウェーデン語も多少できて、ロシア語は仕事の上で理解でき、そしてあまり努力もせずポルトガル語でなんとかうまくやっていくことができた。

彼女は神経質な旅客なので、会話は気晴らしのために始まった、と彼女は言った。だが実際、彼の人生や様々な言語の彼の話全部がますます魅力的になり、できるだけ細かいことを聞き出そうとして、彼にもっともっと質問した。彼女は彼の子供時代や両親や教育や彼の経歴の進展や妻との出会いと結婚そしてそれに続く家庭生活、世界中の異なる職務の任命の経験について彼に尋ねた。そして彼女は長く彼の答えを聞けば聞くほど、何か根本的なことが、彼についてではなく、彼女についての何かが描写されているとますます感じた。彼はもっと話せばますますはっきりとしてくる相違を描写していることに彼女は気づいたが、それは彼がその一面に立ち、ますます明らかになってきたのだが、彼女は反対側に立っている相違だった。言い換えれば、彼は彼女自身がそうではないものを描写していた。彼が自分自身について述べるすべてのことの中に、彼女は自分自身の性質の中に対応する否定を見いだした。言葉に表すもっと良い方法がなかったので、この反対の描写と呼ぶものは、逆の説明によって彼女に何かを明らかにした。彼が話している間、彼女は自分自身を、形、アウトラインを見始め、その周りのすべてに細かいことが書き込まれているのに、その形自体は空っぽのままだった。だが、その形は、その内容がわからないままだったが、あの出来事があって以来、初めて彼女に自分が誰であるかの感覚を与えた。

彼女はブーツを脱いでも私は気にしないかと尋ねた。彼女は暑さを感じ始めていた。彼女はベルベットのジャケットも脱いだ。ここ数か月、絶えず風邪をひいている、と彼女は言った。彼女は体重が非常に減った。それが風邪をひく説明になると彼女は思った。飛行機の隣のこの男性はとても小さくて――彼を小柄（プティート）と描写できただろう。彼は非常に小さくこざっぱりとしていて、子供の大きさの手と足をしていたが、彼の隣に非常に近い場所に座って、彼女はますます自分の体を、そしてそれがどんなに変わったかを意識した。彼は決して特に太ってはいなかったが、あの出来事の後、彼女は確かに小さくなってしまい、今自分がどんな風なのか本当にはわからなかった。彼女が気づいたことは、非常にきちんとしてこじんまりとした隣の人は、多分いつも丁度今のようであっただろうということだった。彼の隣に座り、この相違が彼女に明らかになった。女性としての彼女の人生においてて、無定形が——形の変化が——肉体的な現実となった。夫がある意味で彼女の鏡だったが、最近は自分にはこの映像がないことがわかった。あの出来事の後に、彼女は体重が四分の一以上減ってしまった——彼女は通りで知り合いに会って、その人は自分を見て、もうあなたらしいところは何もないと言ったのを覚えていた。しばらくの間、人々はそのようなことを彼女に言い続け、彼女は消えていく、見えなくなると言い、彼女を差し迫った不在と描写した。彼女が知っている人々のほとんど、四十代の人々にとって、それは穏やかで、広がり、期待がぼやけ、成長を促すためにあるいは忙しく疲れた後で太るために、少し走る時期であった。彼女は彼女たちがその生活の中でくつろいで、快適に過ごし始めるのを見た。だが、彼女にとっては、世の中にもう一度戻って来ると、外見はまだ角張り、期待はぼやけてはいなかった。時々、彼女はまるで他の人がみんな去っていく、一緒に家に帰って眠るために去っていくパーティーに着いたところであるように感じた。ところで、彼女はよく眠れなかった——私が今日帰るのは幸運だった。何故なら、アパートはあまり大きくないことがわかり、彼女は午前三時に歩き回って、私を起こすこともなかったからだった。

だが、隣の人の横に座って、彼女が言っているように、彼女はもう一度自分を知りたいという、自分がどのような人か知りたいという欲望を突然感じた。彼女は自分が彼とセックスするのはどんなものなのか、非常に異なっているので、彼らはお互いに嫌になるだろうかと思っているのに気づいた。彼が話せば話すほど、彼女はこの時点で彼らの違いは相互に嫌悪する状態しかもたらさないかどうかの問題をますます考えた。というのは、この違い、この相違は、今ではそれ自身を組み立てて、大きさや形や態度を超えて、彼女が心の中ではっきり見える一つの点へと移動したからだった。その点は、彼は規律によって支配される人生を送り、一方、彼女の人生は感情によって左右されているというものだった。

彼女が彼にどのようにして彼の話す言語を習得したか尋ねると、彼はその方法を説明したが、それはそれぞれの言語の街を築くこと、彼の人生の状況がどうなっても、そこに彼がそんなに長くいなくても、それはずっとそのままあるほど非常にうまく、堅固に築くことであった。

「私はこうしたすべての言葉の街を想像したの」と彼女は言った。「そして彼が次々のその中を歩き回るのを。大きなそびえたつ建造物の間のとても小さい人を。私は彼に彼のイメージは書くことを思い出させると言った。ただ、戯曲は街というよりも家だけれども。そして、その家を建てて、それから、その家から離れ、後ろを振り返って、それがまだそこにあるかを見ることは、かつて私にどんなに力強く感じさせたかを思い出させたわ。この感情を思い出すと同時に」と彼女は言った。「私は別の戯曲を書くことはないだろうと強く確信し、実際、第一に、どのようにして戯曲を書いたか、どのような手段を取ったか、どのような資料を使ったかさえ思い出せなかった。でも、私にとっては、海に漂う水の上に家を築けないように、今は戯曲を書くことは不可能だろうということがわかったの。

「隣の人はそれから私を驚かせるようなことを言ったわ」と彼女は続けた。「彼は六か月前にアテネに到着して以来、ギリシャ語がまったく進んでいないことを打ち明けたの。彼は最善を尽くし、毎日二時間大使館に来る個人的な言語の家庭教師を雇うことまでしたが、その一言も残らなかった。家庭教師が行ってしまうとすぐに、隣の人が学んだことは解けるように消えてしまった。彼は自分が、社交の場や会議や店やレストランで、草原が彼の唇から頭の後ろまでずっと広がっているかのように、口を開け、空白状態にいるのに気づいた。そんなことが起こったのは彼の人生で初めてのことであり、それで、彼は責任は自分にあるのか、あるいは咎めは何故かその言葉自体のせいなのかについて考え、途方にくれた。あなたはその考えを笑うかもしれないと彼は言ったけれど、彼自身の経験に対する自信は、彼はそのことをまったくは認めることはできないことを意味したわ」

「私は尋ねたの」と彼女は言った。「奥さんや子供さんたちはどのようにその言葉とうまく折り合っているのか、彼らも同じような困難に出会っているのかどうかを。すると、彼は妻と子供たちはカナダに残っていることを認めたわ。そこでは、その時点で、彼らの生活が離れることができないほど確立していたからだった。妻には仕事と友達があり、子供たちは学校と学校生活を離れたがらなかった。家族が離れ離れになったのはそれが初めてだった。彼はそのことを最初に言わなかったことに気づいていた、と彼は言ったわ。彼はどうして言わなかったのかはっきりとはわからなかった。彼はそのことが重要になると予想しなかったからだわ」

「私は彼に尋ねた」と彼女が言った。「彼がギリシャ語を学べないことは家族がいないことと関係があると思ったことがあるかと。彼がいつも成功を達成した状況はもうそこにはないというのは、感傷の問題である必要さえなかった。彼はしばらくの間考え、それから、それはある程度正しいと言ったわ。でも、心の中では、それは自分がギリシャ語は役に立つと考えていないためだと彼は信じていた。それは国際的な言語ではなかった。外交の世界では、誰もが英語で意思の伝達をした。結局、ギリシャ語は時間の無駄だろう、と彼は考えた。

「その言葉には何か最終的なものがあったので」と彼女は言った。「私たちの会話は終わったと私は気づいた。そして飛行はもう三十分あったけれど、私たちはお互いにもう一言も話さなかった。私はその男のそばに座り、沈黙の力を感じたわ。私はまるでほとんど自分が強く非難されたように感じた。でも、起こったことのすべては、彼が自分の失敗の責任を取ることを拒否し、その中に何らかの意味を、私が直ぐにはっきりと述べられることが彼にはわかっている意味を読み取ろうとする私の試みを彼が拒絶したことだった。それは、私たちの間に肘掛け椅子だけがある、彼の規律対私の感情の二つの意志のほとんど戦いだったわ。私は彼が質問するのを待った。それが結局礼儀正しいように思われたけれど、私は彼についてたくさん質問したのに、彼は質問しなかった。彼は相手を怒らせる危険を冒してまで、自分の人生の見方に閉じこもっていた。何故なら、その見方が脅かされていることが彼にはわかっていたからだわ」

彼女はそこに座って、自分の終生にわたる自分を説明する癖について考え、また沈黙の力についても考えたが、それは人々をお互いに届かないところに置いてしまう、と彼女は言った。最近、あの出来事以来——今や物事は説明するのが難しくなり、説明は厳しく、冷たくなったので——親友たちでさえ、まるでそれについて話すことによって、彼女はそれが存在し続けるようにしているかのように、そのことについて話すのをやめるようにと言い始めた。でも、もし人々が自分たちに起こった出来事について黙っていたら、何かが、それを経験した彼ら自身の説明だけでさえも、さらけ出されなくなってしまうのではないだろうか？　例えば、歴史については話すべきではないとは言われなかった。逆に、歴史に関しては、沈黙は忘れられていて、それが忘れられる危険がある自分自身の歴史である時、沈黙は人々がすべての中で最も恐れることであった。そして、その記念碑はまだ立っているが、歴史は本当に目には見えない。記念碑を作ることはその半分であるが、残りは解釈であった。だが、忘れることより悪いことがあったが、それは誤った解釈、偏見、出来事の都合の良い提示であった。真実が提示されなければならなかった。それ自身が提示するままにさせておくことはできなかった。例えば、出来事の後、彼女はそれを警察に任せ、多かれ少なかれ、自分自身が中心から外されたと感じた。

私は彼女にその出来事について私に話すのを嫌だと思わないかと尋ね、彼女は驚いたような顔つきをした。彼女は手を首に置き、そこには二本の青い静脈が浮き出していた。

「野郎が茂みから飛び出してきて」と彼女はガーガー鳴くような声で言った。「私を絞め殺そうとしたの」

私が理解してくれたらよいと思う、と彼女は付け加えたが、前に言ったことにもかかわらず、実際彼女はそれについてもう話そうとはしなかった。彼女はその出来事を要約しようと最善を尽くしていた。ある日演劇が私にとって現実的なものなったとだけ言っておきましょう、と彼女は言った。それは架空のものではなくなり、そこに彼女が隠れて、顔を出して世の中を見る内面的な組織ではもはやなかった。ある意味で、彼女の作品が茂みから飛び出して、彼女を襲ったのだった。

ある時点で、多くの人々は作品についてではなく、人生それ自体についてそう感じるように私には思われると、私は言った。

彼女は頷きながら、腹のところで腕を組んで、ソファーの上にしばらくの間、黙って座っていた。やがて、彼女は私がいつ発つのかと尋ねた。私は私の便は数時間後だと彼女に言った。

「それは残念だわ」と彼女は言った。「戻るのを楽しみにしている？」

「ある程度は」と私は言った。

ここにいる間に特に見ておくべきだと私が思うものが何かあるかと、彼女は私に尋ねた。この地域には世界的文化的に重要な場所がたくさんあることは知っていたが、どういう訳か、その考えに少し圧倒された。もし小さいもので、私が個人的に価値があると思うものがあれば、それについて知りたい、と彼女は言った。

私はアゴラに行って、柱廊の首のない女神たちの像を見ればよいと言った。そこは涼しく、穏やかで、優美なひだのある布をまとった、無名で無言のがっしりした大理石の体には奇妙に慰められた。ギリシャを出る便がすべて欠航したので、動けなくなった時、かつて私は子供たちとそこで三週間過ごした、と私は言った。目には見えないけれど、空には灰の大きな雲状のものがあると言われていた。人々は小さい砂がエンジンに詰まるのではないかと心配した。この気づかないほど僅かだが、それでも信じられやすいこの雲は、中世の神秘主義者のこの世の終わりの未来図を思い出させる、と私は言った。それで私たちはそこに三週間滞在し、私たちはそこにいるつもりはなかったので、ある意味で私たちは見えなくなったと私は感じた。私には電話をかけられる友達がアテネにいたが、ずっとお互い以外には誰にも会わず誰とも話さなかった。私は電話をかけなかった。目に見えないという感覚が強すぎたからだった。私たちはアゴラでたくさん時を過ごしたが、そこは歴史上、何度も侵略され、破壊され、再建され、ついに現代では救われ、保存されていた。私たちはそこをかなりよく知るようになった、と私は言った。

ああ、と彼女は言った。もしあなたがそこをもう一度見たくて、時間があるのなら、一緒にそこに行きましょう。彼女は自分だけで見つけられるかどうかわからなかった。それに彼女は歩きたかった——歩けば気持ちを食べ物から離せるかもしれなかった。

私はスーブラキを試しに食べたらと彼女に言った。それを食べたら、またおなかがすくことはないでしょう。

スーブラキ、と彼女は言った。ええ、聞いたことがあると思うわ。

私の電話が鳴り、飛行機で隣の席だった人の快活で大胆な声が電話に鳴り響いてきた。彼は私が今朝元気ならばよいがと言った。彼はさらに私の心を乱す出来事はなかったろうと確信していた。彼は私が彼のメッセージに応えなかったのに気づいて、直接電話をしようと思ったのだった。彼はずっと私のことを考えていた。私が飛行機に乗る前に、海に小旅行する時間があるかどうかと思っていた。

私は残念ながらないと言った——彼が次にロンドンに来る時にまた会えればよいが、今はある人と観光する約束をしている、と私は言った。

それならば、私は心配(ソリシチュード)して一日を過ごすでしょう、と彼は言った。

寂しく(ソリチュード)と言うつもりでしょう、私は言った。

失礼しました、と彼は言った。もちろん、寂しくと言うつもりです。

訳者あとがき

本書は、レイチェル・カスク（Rachel Cusk）の初版が二〇一四年に出版された*OUTLINE*（Vintage, 2016）の全訳である。

レイチェル・カスクの作品はこれまで翻訳されたことがなく、日本では彼女はまったく知られていないが、一九九三年に二十六歳でウィットブレッド処女作賞を受賞した『アグネスを救う』を出版して以来、英国では有名人だそうだ。

カスクは一九六七年にカナダのサスカチュワンで生まれ、幼少期をロサンゼルスで過ごし、一九七四年に英国に移った。彼女はオックスフォードのニュー・カレッジで英文学を専攻した。現在は画家のシーモン・スキャメル＝カーツと結婚して、二人の娘と共にロンドンとノーフォークで暮らしている。これ以前に彼女は写真家のエイドリアン・クラークと結婚し、彼女が小説を書いている間、彼は家に留まり、育児をしたというが、二人は二〇一一年に離婚した。この離婚がその後の彼女の作品の主なテーマになった。

彼女は十の小説と三作のノンフィクションを出版しているが、二〇〇三年に雑誌『グランタ』により二十人の優秀な若手英国作家の一人に選ばれた。最新の三部作の第一作

『愛し続けられない人々』はゴールドスミス賞、フォリオ賞、ベイリーズ賞の候補になり、『ニューヨーク・タイムズ』紙の二〇一五年の刊行書籍のうち、優秀一〇作の一つに選出された。また、同年、彼女はエウリピデスの『メディア』を戯曲化して、アルメイダ劇場で上演され、スーザン・スミス・ブラックバーン賞の候補になった。

カスクは「自伝はすべての芸術の唯一の形式にますますなりつつある」と『ガーディアン』紙で語っているが、主観や一人称の語り手が自分について語るのを避けて、個人的な体験を新しい手法により表現する試みが、『愛し続けられない人々』に表れていると言えるだろう。

この作品は語り手のフェイと様々な人々の会話から成り立っている。フェイについて、読者は離婚していて二人の息子がおり、サマー・スクールの執筆コースを教えにロンドンからアテネに行く作家であるということしか知らない。この小説はアテネでの彼女の数日間を描く。彼女は自分のことはあまり語らず、人々の話に熱心に耳を傾ける。アテネに向かう飛行機の中で隣の席に座ったギリシャ人の実業家は、自分の身の上話を、特に二回の結婚と離婚について語る。フェイは彼に誘われアテネで二度舟遊びに出かけるが、彼の身の上話は続き、彼は三回離婚していることがわかる。二度目の舟遊びの時、彼はフェイに惹かれていることを告白し、彼女にキスしようとする。これは作中、会話ではない数少ない出来事の一つである。

同じサマー・スクールで教えるアイルランドから来たライアンは妻と共同で子育てをし、妻は自分自身の生活を楽しんでいることをフェイに話す。彼はまたアメリカで学んだ際、肉体的にも精神的にも自己改革をして、小説を書いてアイルランドに戻ってくるが、それが彼の唯一の出版された作品で、それ以後まったく作品を書いていない。教える仕事や子育てなどの雑事を書けない言い訳にしているが、六か月の有給休暇を与えられても、彼は書けなかったことをフェイに告白する。

昔の友人で編集者のパニオティスは出版社設立の構想が何故失敗したかを語る。彼もまた離婚していて、離婚後二人の子供を連れて車で旅をするが、ひどい雨に降られて道に迷い、やっと山小屋に辿り着き、別れた妻に電話するが、彼女は同情し、心配してくれるのではなく、数秒の沈黙の後で「きっとあなたは何とかうまくやっていくでしょう」と言ったことをフェイに話す。途中で同席したフェミニストの作家アンジェリキはポーランドで会ったジャーナリストのオルガが夫と交代で六か月ごとに子育てと仕事をしていると言ったことを語る。

サマー・スクールの授業でも、受講生たちは来る途中で見たものや課題である動物を含む話を雄弁に語る。彼らの一人は離婚をしていて、恋人と同棲している。

美しく知的な編集者エレナは、自分と同等だと思われるコンスタンティンと同棲しているが、前の結婚で二人の子供を持つ彼が、子供はもういらないというのをパーティーで盗み聞きし、衝撃を受けた話をする。途中で同席したレズビアンの詩人メレテーは、男と女の間に存在する嫌悪について話し、また彼女の詩の朗読会や講演会には必ず来て、嫌がらせをする以前教えた若い男について語る。

フェイがアテネで最後に会う女性アンも離婚している。アンはサマー・スクールで教える作家たちに提供されたアパートにフェイの次に住む劇作家である。彼女は路上で襲われ、金品を奪われるという体験をするが、衝撃を受けている彼女が以前の夫に電話でこの話をするが、彼は冷静で冷たくあしらった、と彼女はフェイに語る。この事件以来、彼女は戯曲を書けなくなった。何か構想が浮かぶと、それを「要約」してしまい、それ以上言葉が出てこない。また、彼女は食べだすと、食べることを止めることができなくなってしまったことをフェイに話す。フェイはギリシャ人の実業家の舟遊びの誘いを断り、帰国する飛行機に乗る前に子供たちと三週間を過ごしたアゴラにアンと行く約束をして物語は終わる。

このように『愛し続けられない人々』はいわゆる私小説には程遠いが、様々な人々との会話を通して、フェイの人生のアウトラインを浮かび上がらせようとするのがこの作品の意図であろう。ギリシャ人の実業家との舟遊びで、隣に子供たちを連れた家族の船が停泊するが、海に飛び込んだり出たりする子供たち、日よけ帽を冠って読書する女性とそのそばの赤ん坊を乗せた乳母車、サングラスをかけて電話をしながらデッキを行ったり来たりする男性、そうした明るい家族の姿を眺めるフェイの視線に、離婚して家庭を失った彼女の悲しみが感じられる。

この作品を紹介し、英文の解釈に関して助言してくれたフィリップ・クレイナー氏に感謝する。本書を出版するにあたって全般的にお世話になった図書新聞の井出彰氏にもお礼を申し上げたい。

二〇一九年十月

榎本義子

榎本義子（えのもと・よしこ）

1942年神奈川県生まれ。早稲田大学文学部卒業。ニューヨーク市立ブルックリン・カレッジ修士課程修了。フェリス女学院大学名誉教授。

著書に『女の東と西―日英女性作家の比較研究』（南雲堂）、『比較文学の世界』（南雲堂、共編著）、『ペンをとる女性たち』（翰林書房、共著）他。

訳書に『花火―九つの冒瀆的な物語』（アイシーメディックス）、『ミスZ―オウムさがしの旅』『ホフマン博士の地獄の欲望装置（ともに、図書新聞）、『キダー公式書簡集』（フェリス女学院）、『キダー書簡集』（教文館、共訳）他。

愛し続けられない人々

2019年11月30日　　初版第1刷発行

著　者　　レイチェル・カスク
訳　者　　榎本義子
装　幀　　山田英春
発行者　　井出　彰
発行所　　株式会社 図書新聞
〒101-0051　東京都千代田区神田神保町2-20
TEL 03(3234)3471　FAX 03(6673)4169
印刷・製本　吉原印刷株式会社

ISBN978-4-88611-477-8 C0097
定価はカバーに表示してあります。
万一、落丁乱丁などございましたらお取り替えいたします。